講談社文庫

縁《ゆかり》

小野寺史宜

講談社

目次

縁

―YUKARI―

霧

―KIRI―

子どもたちの力に、なってもらえませんか？
そう頼まれたから、引き受けた。
なりたかったよ、力に。
でも結局はこう。
保護者の人たちの意見も、無視はできないからね。
わかる。無視はしなくていい。
いいが、優先順位をまちがえるなよ。

「室屋《むろや》さん、すいません」と不意に背後から言われる。

「はい」と振り返り、立ち止まる。

驚く。

小牧美汐《こまきみしお》さんだ。背番号37、小牧寛斗《ひろと》くんのお母さん。

「おつかれさまです。今日もありがとうございました」

「どうも」

「少しお話、よろしいですか？」

「はい」

何だろうと思いつつ、少し胸は弾《はず》む。弾んでしまうことに気恥ずかしさを覚える。

緑の中央線が引かれた河川敷の舗装道。河川敷自体が広いので、その道も広い。遊歩道よりは車道の感覚に近い。事実、この先の駐車場に入る車は通ることができる。自転車や歩行者も多い。日曜日ということもあり、競技用自転車やランナーも多い。

その競技用自転車にはねられないよう、また自分たちも邪魔をしないよう、二人、川寄りの芝地に入る。芝生がただ植えられているだけの場所だ。

その向こうには、先ほどまでチームが練習試合をしていた少年サッカー場がある。土に白砂が交《ま》ざっているため、グラウンドが周りから白く浮かび上がっているように見える。近めと遠めにある二つの小学生用ゴールも白い。

サッカー場なので、ゴールは常設。利用者たちの手で一々運んだりはしない。小学生向けのグラウンドにはそんなところが多い。小学生にゴールを運ばせるのは危険だからだろう。

柔《やわ》らかな芝地に立ち、僕が少年サッカー場を見る形で美汐さんと向かい合う。距離は一メートルほど。そもそもが広い場所なので、不自然ではない。むしろ近い方が不自然だ。夫婦や彼氏彼女ならともかく、少年サッカーのコーチと選手の保護者という関係では。

「試合、負けちゃいましたね」と美汐さんが残念そうに言う。

「でも向こうのチームには、五年生も混ざってましたし」

「混ざってたんですか？」

「はい。まあ、練習試合なので。四年生にインフルエンザの子が二人出たんだと、あちらの監督さんが言ってました」

「あぁ。インフルエンザ。ピークは過ぎたみたいですけど、まだまだ流行《はや》ってますもんね。学校でも休んでる子が何人かいるらしくて。寛斗にも、うがいと手洗いを徹底させなきゃ」

「寛斗くんなら、きちんとやるんじゃないですか？」

「わたしの前ではやります。家で一人の時もやってくれてるといいんだけど。あ、でも、うがいには意味がないっていう説もあるみたいですね。何かで読みました。インフルエンザ予防のためということなら、二十分に一回はうがいをしなきゃいけないとか。無理ですよね、そんなの」

「そう、ですね」

「調子が悪いと思ったらすぐに電話をかけてきなさいって、寛斗にはうるさいくらい言ってます。子どもは自分の体調を意識しないですからね。寒けをただの寒さと勘ちがいしちゃったり。わたしなんかは、ただ気温が低いだけで、マズい、寒けが来た、と思っちゃうのに。大人になると、警戒が先に来ちゃうんですよね。簡単には仕事を休めないから」そして美汐さんは言う。「何かすいません、余計なことを。それで、あの、寛斗のことなんですけど」

「はい」

「少しは、上達してるんでしょうか」

そういうことか、と思う。息子の上達具合を気にかけていたのだ。ついさっきの試合を観て。

ならば自信を持ってこう言える。

「心配ないです。トラップもインサイドキックも、えーと、つまり、ボールを止めるとかボールを足の内側で蹴《け》るとかそういうのも、前よりずっと上手くなりましたよ。最近は左足でボールを蹴れるようにもなりましたし。今の試合でも寛斗くんがそうしてたの、わかりました？」

「そう、でしたか」

「はい。きちんと左足も使えてました。利き足が右の子は、左足を使うべきところでも右足を使ってしまうことが多いです。特に試合では余裕がないから、自然とそうなっちゃうんですよ」

僕も昔はそうだった。利き足は右なのに左サイドをやらされて苦労した。何でも右足で蹴ろうとするので、一々モタモタしてしまうのだ。そんなだから、いつもあっけなく抜かれた。相手選手の背中を追いかけてばかりいた。

「上達してるなら、うれしいです」と美汐さんが言い、

「五年生になれば、体もできてくるから、もっと上達しますよ」と僕が言う。

「他のお子さんたちも、それは同じですよね」

「そうですけど。みんなが上達してくれれば、チームとして大いに期待できます」

「でも、あの」

「はい」

「こういうのは、結構ですから」

「はい？」

「今日みたいなのは」

「今日みたい、というのは」

「寛斗を無理に試合に出していただかなくてもいいです」

「いえ、無理にということは」

「わたしは素人なので、サッカーのことはよくわかりません。ただ、寛斗は、そんな素人のわたしが見ても上手じゃないですし。サッカーをやれてるだけで満足だと思うので」

「でも、上達してるのは確かですし」

「だとしても、他のお子さんたちはもっと上達してるんだと思います。試合にはそういう子が、寛斗より上手な子が、出るべきですよね」

「試合の楽しさを知る権利はチームの全員にあります。特に寛斗くんぐらいの歳のお子さんには、その楽しさを知ってほしいです」

一メートル先にいる美汐さんを見る。こちらはジャージの上下に丈《たけ》の長いベンチコート。美汐さんも、それに似たダウンジャケットを着ている。去年の十二月に言っていた。試合を観てると寒いから、わたしも丈が長いのを買っちゃいましたよ。その試合に寛斗くんは出ていなかった。最後までベンチに座っていた。ジュニア用のベンチコートを着て。

美汐さんは視線をやや下に逸《そ》らす。黙《だま》っている。言いたくないことを無理に言った。もうそのことには触れたくない。そんな意識が窺《うかが》える。

沈黙と感じられる間を作りたくない。僕は先を続ける。

「試合ができないと、つまらないんですよ。僕もそうでした。途中までレギュラーになれなくて、試合は人がやるのを見てるだけ。楽しさを知りませんでした」

試合は楽しい。こてんぱんにやられることがあるとしても、楽しい。練習でも集中はするが、試合での集中はまたちがう。ピッチに入れば、自動的にスイッチも入る。夢中になり、他のことは忘れる。いい意味で、日常から離れられる。

実際、試合後の子どもたちはいい顔になる。勝った時はうれしい顔。負けた時は悔《くや》しい顔。どちらもいい。それを見ると、コーチの自分までもがうれしくなる。疲れもあっけなく吹っ飛んでしまう。勝っても負けてもいい顔を見せてくれるのだから、こちらは常にいい思いができる。

「クラブとしての公式戦には上手い子が出る。それでいいんですよ。勝つことも大事ですから。でも、レギュラーじゃない子は試合をまったく経験できないっていうのは、ちょっとちがう気がします。プロを目指す子たちを集めたクラブチームなら仕方ないかもしれませんけど、ここはそうじゃないですし」

試合に出た寛斗くんは、美汐さんも言うように、上手ではなかった。ポジションは右サイドバック。幸い、利き足が左の子が他にいたので、左ではなく右。役割は守備。チャンスと見れば攻撃に参加することもあるが、まずは守備。

寛斗くんは、文字通り、守備一辺倒になった。相手チームのエースが左サイドのフォワードだという不運もあった。寛斗くんはそのフォワードにあっけなく抜かれ、自分のボールもあっけなくとられた。失点につながる大きなミスもした。それもあっての、二対四の敗戦だ。

ただ、萎縮してはいなかった。抜かれても、またトライした。プレーすることを楽しんでいるように見えた。

僕の思いちがいかと思い、念のため、訊《き》いてみる。

「寛斗くんが、試合に出たくないと言ったんですか？」

「いえ、そういうことでは」

「他の子たちに何か言われたとか」

「いえ、そういうことでも」

よかった。このチームにそんな子はいないのだ。

と言いたいところだが。さすがにそうは言いきれない。そこは九歳から十歳の子どもたち。思いをそのまま口にしてしまうこともある。

「じゃあ？」と語尾をわずかに上げることで尋《たず》ねてみる。

美汐さんは、ためらいつつ答える。

「寛斗より上手なのに試合に出られない他のお子さんたちに申し訳ないなと」

「毎回ではないですよ」

「でも、試合が毎週あるわけでもないですし」

「チームの全員にプレーする権利があるということは、いつも子どもたちに伝えてます。みんな、理解してくれてます」言ってからつい弱気になり、足してしまう。

「と、僕はそう思ってます」

「それはわかってます。実際そうなんだと、わたしも思います。でも、よく思わない保護者の方もいらっしゃるかもしれませんし」

いらっしゃるんだな、と思う。

「寛斗を贔屓《ひいき》してるととられたら、室屋さんにもよくないですし」

とられたんだな、と思う。

「贔屓なんて、そんな。僕はただ」

「ありがたいです。感謝してます。でもやっぱりいいですから」

早口で言いきられた。そうなると、言葉を返せない。

訊くまでもない。多くを語らない美汐さんのその感じでわかる。母親である美汐さんへの好意から僕が寛斗くんを試合に出した。そんなふうにとられたのだろう。

十二月の試合では出さなかったが、先月、一月の練習試合では、後半から寛斗くんを出した。体力的な問題はなかったので、今日は試合の頭から出した。二十分ハーフで四十分。初めてのフル出場。よくがんばってくれた。

その一月の試合の後で、美汐さんは何か言われたのだろう。

言ったのは、永瀬《ながせ》充代《みつよ》さんあたりか。チームのエースである律希《りつき》くんの母親だ。息子がチームのエースなので自分は保護者のエースだと思っているふしがある。昨年度までは、六年生だったお兄ちゃんの立希《たつき》くんもいたから、保護者としての経験も豊富。そしてその豊富さが、時にはよくない方へ働く。

充代さんは美汐さんに、例えばこんなことを言ったのかもしれない。いいわよね、寛斗くんママは室屋コーチに好かれてるから。

ありそうだ。冗談めかしてではあるが、充代さんは僕にも言ったことがある。室屋さんは、一人で健気《けなげ》に子どもを育てるママとか、そういうの好きそうだもんね。

「あの」と美汐さんに言う。「そんなことをどなたかに言われたんですか？　僕が寛斗くんを贔屓してる、というようなことを」

　充代さんの名前を出したりはしない。そうするべきではないし、たぶん、そうする必要もない。口にしなくても、美汐さんには伝わる。

　はずなのだが。

　美汐さんは答えない。答えないことが答、なのだと思う。

「もしそうなら、その方には僕が直接」

　そこでは遮《さえぎ》るように美汐さんが言う。

「贔屓してるとはっきり言われたりはしてません。似たようなお子さんは他にもいらっしゃるので、寛斗が室屋さんに贔屓されてるとはわたしも思いません」

「でしたら、気にすることはないかと」

　言いながら、思う。気にしないのは無理だ。職場の同僚、学校の友人、少年サッカーの保護者。どんなくくりであれ、人が集まれば、関係は築かれてしまう。三人いれば、二対一の関係も生まれてしまう。そうした関係性に必要以上に意味を持たせないようふるまうのが大人なのだが、中には無頓着《むとんちゃく》な人もいる。

「室屋さんにはすごくよくしていただいて、それは本当に感謝してます。寛斗もサッカーが楽しいと言ってますし。でも。どう言ったらいいかわからないですけど」しばしの逡巡《しゅんじゅん》を見せてから、美汐さんは言う。もう言ってしまえ、という感じに。「わたし、そういう気はないので」

そして素早く頭を下げ、歩き去る。

僕は芝地に立ち尽くし、その後ろ姿を呆然《ぼうぜん》と見送る。動かない。動けない。

美汐さんは競技用自転車が一台通過するのを待って舗装道を渡り、ゆるやかな緑の斜面に設《もう》けられた階段を上っていく。一度も振り向かないまま、土手の向こうの階段も下りていってしまう。

姿が見えなくなっても、僕はやはり動かない。再び少年サッカー場に目をやる。

よそのチームがすでに準備を始めている。土日と祝日はほぼ一日中使われるのだ。

試合が終わってから、整理体操をして、グラウンド整備もして、子どもたちと別れた。他のコーチとは次の練習の打ち合わせをした。立ち話でだ。次は土曜日だが、僕は仕事で参加できない。中には日曜日に来られない人もいる。そのあたりを皆でどうにかやりくりする。

僕らが打ち合わせをしている間、美汐さんは土手の上かどこかで待っていてくれたのだろう。そして僕が一人になるのを見計らい、話があると声をかけたのだ。

その話の内容が、まさかこんなものだとは。

美汐さんにも強い決意が必要だったと思う。だからすぐには切り出せず、インフルエンザの話を挟んだのだ。いきなりは無理ということで。

それに気づかず、とぼけたことをしてしまった。自分が試合に出してやったのだと言わんばかりに、寛斗くんをほめてしまった。もう試合には出さないでほしいと言いに来た美汐さん相手に。

子どもたちに試合の楽しさを伝える室屋コーチ。とんだ勘ちがい野郎だ。

ママ友はママ友で、色々大変なこともあるだろう。そこは僕が踏みこんでいける領域ではない。僕にできるのは、子どもたちにサッカーを教えることだけ。

選手は未成年。寛斗くんは十歳。保護者が試合に出さないでほしいと言うなら、コーチとしてその要請を聞かないわけにはいかない。次の試合までに監督に事情を説明し、判断を仰ぐことになるだろう。寛斗くんはしばらく試合には不出場、という残念な結果になるかもしれない。

まあ、それはいい。いや、よくはないが、仕方ない。

参ったのは、その後だ。

明言はされなかった。が、可能な解釈は一つしかない。

寛斗くんママは、確かに室屋コーチに好かれていた。否定はしない。好意は確かにあった。包み隠さず言えば、かなりあった。

で、その言葉。わたし、そういう気はないので。

感じとられていたということか。美汐さん自身、僕の想いを感じてくれてはいたということか。

思わず口から声が洩《も》れる。

「あぁ」

舌打ちがそれに続く。二度、三度と。

恥ずかしい。選手の母親に好意を寄せる少年サッカーのコーチ。最悪だ。

もちろん、実際に想いを伝えてはいない。それとなく伝えようとしてもいない。ただ普通に接しただけだ。会話は多かったかもしれないが、度を越したとは思えない。

スマホの番号は教えてある。これは他の保護者も同様だ。緊急時に連絡がつくよう、全員に教えている。こちらもあちらの番号を知っている。お父さんのものが多いが、お母さんのものもある。寛斗くんに関して言えば。お父さんがいないので、連絡はお母さんに、となる。

これまで緊急事態が起きたことはないから、電話をかけたこともない。美汐さんからかかってきたこともない。正直に言えば、かけてみたいと思ったことはある。だがそこは線を引いた。それで電話をかけてしまっては、個人情報の目的外利用になる。

美汐さんにしてみれば。室屋コーチの想いは感じていた。害もないので放っておいた。だがその害が出てしまい、放っておくわけにもいかなくなった。だから早めに動いた。と、そんなところなのだろう。僕が知らないだけで、事態はもう少し深刻だったのかもしれない。例えばママ友同士のSNS絡《がら》みで何か不穏なことがあったとか。

「そうかぁ」と、やはり声に出して言う。広い河川敷だから、言える。

これはこれでみっともない。僕は告白してもいないのにフラれたわけだ。三十八にもなって。

ふうっと息を吐き、歩きだす。芝地から出て、舗装道を行く。川の流れと同じく、海の方へ。足どりは、軽いとは言えない。

あらためて、寒いな、と思う。インフルエンザのピークは過ぎたと美汐さんは言っていたが、寒さは今がピークかもしれない。

昔からそうだった。本当に寒い日に長く外にいると、耳の奥が痛くなる。外部ではない。内部。鼓膜の奥が、何というか、ヌンヌンと痛むのだ。一日外にいれば一日それが続く。だから外の仕事はつらくなった。それも転職した理由の一つだ。

自分がプレーしていれば大丈夫だが、コーチとしてベンチで試合を観たりしていると、たまにその痛みが来る。そうならないよう、なるべく自分も体を動かす。狭い範囲で動きまわり、選手への指示や激励の声をいつも以上に出す。律希、遠めからでもシュート打とう！　弦介《げんすけ》、周り見て！　研磨《けんま》、そこ勝負！

競技用自転車が四台、次々とすれちがっていく。結構なスピードが出ている。まともにぶつかったら軽いケガでは済まない。だから子どもたちにはいつも言う。自分が自転車に乗る時も絶対に蛇行はしないようにと。

少年サッカー場から僕のアパートまでは、徒歩十五分。ちょうどいい距離だ。アパート自体が河川敷に近いので、ずっとこの道で行ける。だからジャージにベンチコートというこの格好で来られる。

ボールなどの練習用具は他のコーチが車で持ってきてくれる。車がない僕は、タオルや飲み物を入れたスポーツバッグを手に歩いてくるだけ。偉そうといえば偉そうだ。

いつもは近くて便利だと思うが、今日はそうでもない。十五分では短い。というか、足りない。それでは気持ちの整理がつかない。もっと長くていい。

久しぶりに落ちこんだ。チームのことでこうなるとは思わなかった。よくないことは何もしていないのに、自分が子どもたちを傷つけてしまったような気がする。

ふと、左方の川を見る。

こんな時でも河川敷の景色はいい。広い河川敷に、もっと広い荒川《あらかわ》。その先の高架、首都高速中央環状線を、豆粒より小さな車が何台も走っている。速さは感じられるのに、実際に視界で動く距離は短い。それほど遠いということだ。体のすぐ近くを走られると鬱陶《うっとう》しい車も、ここまで遠ければかわいく見える。

川があるということは、その上には空間があるということだ。だから川辺を歩けば遠くを見られる。広い範囲を見渡せる。二十三区内でここまで遠くを見られる場所も、そうはない。

その遠くを見ながら、美汐さんと寛斗くんのことを考える。ついさっきまで僕と向き合っていた美汐さんと、その三十分前まで少年サッカー場で駆けまわっていた寛斗くん。いつものように明るくはなかった美汐さんと、相手選手をひたすら追いかけていた寛斗くん。

サッカーをよく知らない美汐さんは、抜かれてばかりいた寛斗くんを見て、居《い》たたまれなくなってしまったのだろうか。四十分やられっぱなし。実力からすれば試合には出られないはずなのに、フル出場。訊いてみれば、コーチは言う。前よりもずっと上手くなってますよ。他の保護者にどうこう言われただけではない。コーチからも辱《はずか》しめを受けたように感じてしまった。そういうことだろうか。

ＪＲの鉄橋をくぐる。線路が五本あるので、それなりに幅は広い鉄橋だ。各駅停車に快速に特急。自分が下を通る際に上を電車が通ることも多い。

今もそう。下に入って数歩というところでいきなり、ダダンダダン！　とくる。たぶん、下りの快速だ。上りだと川面の上を走ってくるのが見えるからわかるのだが、下りにはいつも不意を突かれる。音が大きいので、油断していると驚かされる。

怖々《こわごわ》と上を見る。鉄橋の造りは簡素で、いわばスケルトン。骨組の隙間から真上を走る電車の底が見える。何か落ちてきたら怖いな、といつも思う。

一般人が下から電車を見られる機会はこんな時しかない。他にあるとすれば、自分が轢《ひ》かれる時。その場合、見たという記憶はほんの一瞬しか残らない。その一瞬を経て記憶はその前の無数の記憶とともに消滅してしまうのだ。と、ここを通るたびにやはりいつも思う。縁起でもない、とも思いつつ。

下り快速が走り去ると、もう一つ下りが来る。今度は各駅停車だ。走る線路がちがうのでそうとわかる。また不意を突かれ、また驚かされる。

轟音《ごうおん》に身を包まれ、電車を真下から見る。スケルトン、と呟《つぶや》き、僕は海の方へ向かう。

筧《かけい》ハイツというアパートに、三年近く住んでいる。

Ｂ一〇二号室。一階。夏にはゴキが出る。多くはないが、一夏に一度は出る。ゼロで終われたことはまだない。

Ａ棟はすべてワンルームで、Ｂ棟はすべて二間。そのＢ棟。一人だが二間だ。意味はない。彼女ができたらいつでも連れこめるようにとか同棲《どうせい》できるようにとか、そんな意図はまったくない。そうなりそうな気配もまったくない。努力も特にしていない。例えばマッチングアプリを利用するとか相席居酒屋に行ってみるとか、そういった類《たぐい》の努力は。するわけがないのだ。初めて接する人と上手く話せた例《ためし》がない僕が。

筧ハイツは、荒川のすぐそばにある。少年サッカー場から河川敷をずっと歩いてきて、階段を下り細い道を一つ渡れば着く。

にもかかわらず、川はまったく見えない。河川敷さえ見えない。見えるのは、その階段がある部分。コンクリートの堤防だけ。その上はもう空。

この辺りはずっとこうなのだ。いわゆる海抜ゼロメートル地帯。地面が海よりも低い。土手の上から見ればわかる。河川敷側と住宅地側。後者の方が低い感じがする。実際、土手の道を歩いていても、すぐ近くにある家の一階部分は見えない。

洪水が起きたらマズい。だから住宅地と川の間に高い堤防がなければならない。それと同じ理由で河川敷も広いのだろう。つまり遊水地でもあるわけだ。

部屋を借りる時、その川が近いという部分に強く惹《ひ》かれた。広い河川敷を持つ川が近くにあるのはいい。散歩ができれば最高だ。そう思い、それを条件にアパートを探した。ネットの地図で地域を絞《しぼ》り、そこからさらに場所を絞って、これはというものを見つけた。筧ハイツ、とご丁寧に名前までもが記《しる》されていた。すかさず賃貸サイトに移《うつ》ると、まさにその物件があった。最寄駅に快速は停まらない。しかも徒歩十五分。その代わり、家賃は安い。すぐに見学予約をした。

で、いざ現地に行ってみると。川は見えなかった。見せません、とばかりに堤防が立ちふさがっていた。空《あ》いていたのは一階。だがこれでは二階の部屋からでも見えないだろう。がっくりきた。

が、堤防の階段を上り、土手に立って河川敷を見ると。おっと思った。まず、その広さに圧倒された。斜面を下った先に舗装道があり、その先に野球場があった。それが横にいくつも並んでいて、ちょっと笑った。

野球場の向こうは広い荒川で、首都高速中央環状線と下の狭い陸地を挟んだその向こうは、そこそこ広い中川《なかがわ》。そうなるともう、対岸のことはまるで意識されない。

これなら川がアパートから見えなくてもいいか、と思った。むしろ、堤防を上って川が見える瞬間のワクワク感を毎回味わえそうな気がした。借ります、と不動産屋さんに言った。

その筧ハイツに移ることになったのは、要するに転職したからだ。

大学を出て、僕は測量士になった。地理学科でも測量士補の資格はとれると入学後にわかったことがきっかけだった。その後、実務経験を積めば、補がとれて測量士になれるのだ。

会社で営業などの仕事をするのは無理だと初めから思っていた。口が上手い営業マンになどなれるわけがなかった。測量士の、日々変化がありそうなところ、それでいて自分たちのペースで仕事ができそうなところ、に魅力を感じた。

そして僕は無事測量士になった。大学を卒業して入ったのは中堅の土木会社。測量士補枠での採用だ。

実際にやってみてわかった。測量は大変な仕事だ。作業服姿で何やら測《はか》っている人たち、との印象が強いだろうが、そんな外業だけでなく、実は内業、デスクワークも多くある。例えば予算の管理に製図にデータ分析。外で測っておしまい、ではない。自分たちは外だけで後は人任せ、というわけにはいかないのだ。

それでも、仕事はどうにかこなした。同じ測量士のKさんのように、いつまでも目的地の城にたどり着けない、といった不条理な困難に見舞われることはなかった。理不尽、と言える困難ならいくつもあったが、それは、まあ、どの仕事、どの会社でも同じだろう。

日々変化はあった。業務内容にというよりは、天候にだ。それには大いに悩まされ、天気予報にはひどく敏感になった。この空気だと雨来そうだな、と肌感覚でわかるようにもなった。

大雨の日にわざわざ出ていく必要はないが、暑い寒いはある。建物は一年中建てられるし、工事は一年中行われる。そのスタートに携《たずさ》わる測量士が、夏の二ヵ月と冬の二ヵ月は外に出ません、とは言えない。

夏はまだよかったが、冬はきつかった。例の耳の問題が出たからだ。冷えこみが厳しい日はヌンヌンと耳の奥が痛み、仕事に集中できなかった。一度耳鼻科《じびか》にも行ってみたが、特に異状はないと言われた。そうなると、どうしようもない。ひたすら耐えるしかなかった。

入社前の想像とちがい、自分たちのペースで仕事ができる、とは言い難《がた》かった。現場でのペース配分は自由だが、時間には追われた。仕事量が多い時期は、常に駆け足をしている感じだった。

時間だけでなく、人に追われることもあった。多くの場合、外業で一緒に回るのは四人。だから気楽だろうと思っていた。実際、そんな時もあった。が、四人の中に面倒な人が一人入るだけで状況は一変した。

間宮速雄《まみやはやお》、がその面倒な人だった。僕より四歳上の測量士。同じ班には戸谷収作《とたにしゅうさく》さんというさらに歳上のリーダーがいたが、実質的なリーダーは間宮だった。何故か。社長の息子だからだ。

間宮は、よくないタイプの、社長の息子だった。具体的には、周囲にまるっきり配慮しないタイプ。人の意見は、いいものであれよくないものであれすべて否定した。そして自分の意見を押し通した。大きなことでも小さなことでもそう。

三時に休憩しようか。戸谷さんがそう言うと、間宮は言う。いや、三時十分。そこに理由はない。人に決めさせたくないだけ。万事がその調子だった。間宮を満足させるために無駄な作業が一つ増える。そんなことはざらだった。皆が一々振りまわされ、時には現場が険悪な空気になることもあった。

働きだして十年。僕は三十二、三のころから、ずっとこのままでいいのかと思うようになっていた。社長の息子だから、この先も間宮が会社を辞めることはないだろう。それどころか、いずれは社長になるだろう。そうなれば現場からは外れてくれる。だが無茶な要求はしてくるはずだ。

そんなこんなであれこれ迷っている時、あいつ、耳が痛いとかどうせ嘘《うそ》だろ、自分が楽したいだけだろ、と事務所で間宮が言っているのを、ドアの外で聞いた。もういいかな、と思った。

間宮は、当時新人だった桐畑誓志《きりはたちかし》くんに自分の仕事を押しつけてもいた。四人で均等に割ったデータ入力などの面倒な作業を、何のかんのと理由をつけて桐畑くんにやらせるのだ。ただでさえ入社したばかり、仕事のペースをつかめていなかった桐畑くんは相当参っていた。

戸谷さんに言わせるのは酷《こく》だったので、僕が間宮に言った。細かなことは省《はぶ》き、一言。自分で。と。

桐畑くんに仕事を押しつけている自覚は間宮にもあるから、それだけで充分伝わった。僕を睨《にら》んで、間宮は言った。新人に仕事を覚えさせようとしてんだよ。

そのデータ入力の仕事なら、桐畑くんはとっくに覚えていた。僕は言った。今度は二言。でも、自分で。と。

間宮は自分でやった。あくまでもその時だけ。結局、何も変わらなかった。僕が言ったくらいで変わるわけがないのだ。むしろ逆効果。わかっていた。

だから僕は間宮睦雄《むつお》社長に直接現状を伝え、言った。あれじゃ、桐畑くん、せっかくとったのに、辞めちゃいますよ。

そして自分が辞めた。そうするのが一番だと思った。

そんなわけで、僕は三十五歳の時に転職した。するなら今だ。十二年働いたのだから測量士の資格をとった意味はある。そう自分に言い聞かせて、動いた。

転職先はリペア会社。合カギの作製、それに靴《くつ》や鞄《かばん》や傘《かさ》の修理などを請け負う会社だ。駅や商業施設などのあちこちに小さな店舗を構えている。

僕自身、そこでアパートの部屋の合カギを作ってもらったことがある。就職活動をしていたころには、革靴のかかと部分を補修してもらったこともある。その二軒の店員さんの印象がとてもよかった。前々から会社として気になってもいた。中途採用者が多いことも未経験者でも一から教えてくれることも知っていた。

僕も未経験者。だが手先の器用さは活かせるだろうと思った。サッカーでは左足を上手く使えなかった僕も、日々の生活では左手を上手く使うことができたのだ。といっても、まあ、たいていの人はそうだが。

その話は採用面接の時にもした。手先は器用なのに足は不器用。なのに好きなのはサッカー。人生は上手くいかないものです。ならばせめて手先の器用さを活かしたいと思いました。

笑わせようというつもりはなかったが、担当者は笑ってくれた。君、口が上手いね。営業に向いてるんじゃない？　と意外なことを言った。僕もサッカーをやってたよ。同じく左足は苦手だったな。とも言った。結果、僕は採用された。

それから三年。初めは大型店にいたが、去年の十月に小型店に移った。小型も小型。修理からお渡しまでを一人で行う店舗だ。地下鉄駅の構内にある店。

測量士時代も一緒に仕事をするのは四人と少なかったが、今は自分一人。

そもそも人と絡むのが好きな方ではない。はっきり言ってしまえば、苦手。一対一ならまだいいが、大人数になるとしんどいと感じる。それでも、転職を機に少しは人との関係も築いていこうと思っていた。どんな相手に対してでも自分から壁をつくるのはよそうと。目論見《もくろみ》は外れた。が、店舗を任されたことはうれしかった。

転職後、まずは屋根のありがたみを感じた。ずっと屋内で仕事ができることのありがたみだ。店舗が百貨店の中であれ地下鉄の通路であれ、厳寒にはならない。せいぜい、足もとが寒い、というくらい。手もとが寒くては駄目《だめ》なのだ。指がかじかんで動かないので合カギの精度は保証できません、では話にならないから。

常に屋内の仕事になったらなったで、外が恋しくなった。河川敷散歩は日々の習慣になった。休みの日は必ず散歩に出た。大雨なら出なかったが、小雨なら傘なしで歩いた。

初めは海の方へ行っていた。だが実際に海の近くまで行くと片道一時間はかかるので、ならばと上流の方へ行ってみることにした。

ＪＲの鉄橋をくぐってさらに進むと、少年サッカー場があった。その日はたまたま土曜。子どもたちがボールを蹴っていた。ドリブル練習用のコーンが置かれ、コーチらしき人もいたので、草サッカーではなくクラブチームの練習であることがわかった。

野球場とソフトボール場は鉄橋の向こう側、僕のアパートの近くにもあるが、サッカー場を見たのは初めて。だからつい足を止めた。

ピッチのわきにベンチが三つある。が、そこには座れない。近すぎる。まるで関係者のようになってしまう。ということで、ゴールの裏、芝地に立って眺めることにした。そのくらいなら許可をとらなくても許される感じがあった。やはり広さのおかげだ。

散歩に付加価値が出た。それからは、自分の休みが土日と祝日に当たった時はその上流コースを選ぶようになった。子どもたちがプレーしていれば、芝地で見学した。といっても、見ているのは十分か十五分。それなら警戒されないだろうと思った。もちろん、声をかけるつもりもなかった。

のだが。

何度めかの時に、ついかけてしまった。

いつものように僕はゴール裏にいた。距離はとっていた。ただ立って見ていただけ。そろそろ戻ろうか、と思っていた。

そこへ、ボールが転がってきた。ディフェンダーの子がクリアしたボールだ。それを追い、フォワードの子が走ってきた。今は名前も知っている。大津《おおつ》弦介くんだ。

何度も同じディフェンダーに同じ形でボールを奪われて悔しかったのだろう。弦介くんは泣いているように見えた。左右の手で一度ずつ目の下を拭《ぬぐ》った。

何もしないのも不自然なので、僕は両手でボールを拾い上げ、弦介くんにふわりと放《ほう》った。サッカーボールとはいえ人様の物。蹴って返したりはしなかった。

「ナイストライ！　惜しい惜しい。左の後すぐ右にもフェイントをかければいけるんじゃないかな」

いきなりそんなことを言われて驚いたようだが、弦介くんは小さく頷《うなず》いてくれた。

そしてボールをドリブルしながら戻っていった。

その直後、コーチの人が小走りでやってきた。僕よりは少し歳上ぐらいの人だ。

「どうも」と言われ、頭を軽く下げた。

僕が美汐さんとそうしたように、コーチも一メートルほどの距離をとって僕と向き合った。長袖のＴシャツにハーフパンツ。ふくらはぎがこんもりと盛り上がってい た。サッカー経験者の筋肉のつき方だ。

「いつも見てますね」

ヤバい、と思った。気づかれてたか、と。

怪しい者ではないです、と言いそうになったが、自重した。そう言うのはかえって怪しい。

「好きなんですか？　サッカー」と訊かれ、

「そう、ですね」と答えた。

「昔やってたとか」

「中高でちょっと」

「高もですか」

「はい」

「今もフットサルをやってたりとかは」

「ないです。もう持久力がないので」

「たまにはやりたくならないですか？」

「まあ、たまには」

「じゃあ、やりましょうよ」

「はい？」

「コーチ、やってみませんか？　子どもたちの」

「無理ですよ。資格も持ってないですし」

「そんなにきっちりしなくていいんですよ。資格がないと教えられないってことはないので。ない人もたくさんいますよ。そもそもウチはお父さんコーチばかりだし。中にはサッカー自体未経験の人もいます。それでもどうにかやれちゃうんですよ。ほら、サッカーをやったことはないけど観るのは好き、だからやたら詳しい、なんて人がたまにいますよね。そんな人も案外バカにできなくて、中には教えるのが結構上手い人もいるんですよ。客観的に見てたことを客観的に伝えられるんでしょうね。ただ、そうは言っても、実際にはそんな達人ばかりでもないので。やっぱり経験者の方がありがたい」

「でも、教えた経験はないですから」

「初めはみんなそうですよ。高校までやってたんなら大丈夫。すぐに慣れます。子どもたちも、みんな人なつっこいし。正直、人手が足りないんですよ。子どもたちの力に、なってもらえませんか？」

「僕は、子どもたちとのつながりもないですし」

「この辺りにお住まいですよね？」

「線路の向こう、です」

「ならつながりはありますよ。地元の人。充分です。大歓迎ですよ」

「でも。大丈夫ですか？　自分で言うのも何ですけど。僕は、怪しい奴かもしれないですよね？」

「怪しい奴、なんですか？」

「ちがいますけど」

「大丈夫ですよ」とコーチは笑顔で言う。「サッカーが好きだからいつもこうやって見てるんだってことくらいはわかります。確かにね、人のお子さんを預かるわけだから、そのあたり、慎重にはなるんですよ。初めて見た人なら、こっちも声をかけたりはしません。失礼ながら、ちゃんと見極めてはいます。なので、ぜひ。やりましょうよ、サッカー。子どもたちのためにも」

　まさに少年サッカーのコーチらしい人だな、と思った。色々ごまかさない。正面から来る。

「僕は、常に土日が休みというわけではないんですよ」

「それも大丈夫です。もちろん、仕事優先。空いてる日だけ見てもらえれば。他にそういう人もいますから。そこは調整ということで」

「練習場所は、ここなんですか？」

「ほぼここですね。たまに小学校の校庭になったりもしますけど、基本、ここです。練習は土日と祝日。子どもたちの学校で土曜に何か行事があるような時は、なしになります。やっぱり学業優先なので。僕はクラブの監督をやらせてもらってるナカマチです。ナカマチイッペイ」

歳は僕より二つ上。ドアなどの建具や家具を扱う会社に勤めているという。微《かす》かな縁を感じた。僕はドアのカギを扱うから。

「で、そちらは」

「室屋忠仁《ただひと》です」

仕事は明かさなかった。ナカマチさんも、その時点でそこまで訊いてはこなかった。その代わり、やはり正面から来た。

「じゃ、室屋さん。どうですか？」

「今すぐ返事をするのはちょっと」

「まあ、そうか。そうですね。考えてみてください。ケータイの番号、教えときますんで。その気になったら電話をください。一度ちゃんと練習を見学してからということでもいいですし」

ナカマチさんの番号を聞いて、自分のスマホに登録した。その際に氏名の漢字も聞いた。中町逸平さん、だった。

「あ、そうだ。肝心なことを忘れてた。クラブの名前はね、リバーベッドSCです」

「リバーベッド？」

「河川敷って意味です。河川敷サッカークラブ。略称はRBSC。わけわかんないんで、誰も略しませんけど。ほら、アルゼンチンのクラブでリーベルプレートってありますよね？」

「ボカ・ジュニアーズのライバルの」

「それ。最近は発音通りにリーベルなんて言ったりもするけど、昔は英語読みでリバープレートって言ってたじゃないですか。たぶん、それをまねてます。何だかんだで三十年以上の歴史があります」

「三十年」

「そういうクラブは多いですよ。どうにか細々とやってる。潰《つぶ》れそうで潰れない。地域のサッカークラブがなくなったら、子どもたちは困っちゃいますからね。といっても、結局はコーチがみんな手弁当のボランティアだから成り立ってるだけの話ですけど。そうそう、勘ちがいがあるとマズいんで、これも言っとかなきゃ。すいませんけど、コーチはボランティアです。お金は一円も出ません」

「まあ、それは。やるにしても、お金をもらうほどのことはできませんから」

「近いなら、ここまでの交通費もかからないですよね？　かかったとしても、それは出せないので」

「かかりません。歩いて十五分で来れます」

「じゃあ、もうやんなきゃですよ、室屋さん。ほんと、期待してます」

「そんなには期待しないでください。まだわからないですから」

そして中町さんと別れ、河川敷の道を海の方へ向かった。アパートへ帰ろうとしたわけではない。そのまま海の近くまで歩き、どうするかを考えてみるつもりだった。

が、ＪＲの鉄橋をくぐった辺りでもう、気持ちはやる方へ傾いていた。何というか、新しいものに触れた感じがした。それまでにない、新鮮な昂《たかぶ》りがあった。

サッカーは好きだ。子どもは。どうだろう。自分でもよくわからない。考えてみたことがなかったのだ。

初めて考えてみた。

大好きとは言えない。が、嫌いではない。例えば電車内で子どもたちがやかましくしていても、眉《まゆ》をひそめたりはしない。

測量士時代、外での作業中に、ねぇ、何してんの？　とタメ口で話しかけられても、適当にあしらったりはしなかった。あしらうどころか、拙《つたな》い言葉でどうにか説明した。まずはこうやってちゃんと測らないと工事ができないんだよ、と。楽しい？といきなり訊かれもした。あの時は何と答えたのだったか。確かこうだ。半々。

嘘つけ、と後で間宮に言われた。半々どころか少しも楽しくないだろ、という意味で言ったのだろう。その言葉は当たっていた。そのころはすでに仕事が少しも楽しくなかった。耳のせいというよりは、間宮のせいで。

子どもたちとサッカーをする。そのことに関しては楽しそうだと思った。少しワクワクした。左足では上手く蹴れない子が、自分が教えることで上手く蹴れるようになったら、それはうれしいだろう。

サッカーを始めた時、僕は他の多くの子たち同様、フォワード志望だった。が、中学ではミッドフィルダー、高校ではディフェンダー。位置はどんどん下がっていった。それでも中高どちらも三年の最後にはレギュラーになれたのだから、適性を見出してくれた各コーチには感謝しなければいけない。おかげで試合を楽しめるところまでは行けたのだ。

試合に出られなかった間も腐《くさ》ることはなかった。そこはコーチが適切な指導をしてくれた。特に中学時代の館林《たてばやし》コーチ。

といっても、何のことはない。ただの英語の先生だ。館林先生。授業での英語の発音はよくなかったが、部でのサッカーの教え方はとてもよかった。練習ではレギュラーと補欠を分けず、常に公平に競わせてくれた。チームには底上げこそが必要だということ、レギュラー優先では結局チーム力は下がるのだということを、きちんと教えてくれた。

できるなら自分もそうしたい。ただ技術を教えるのでなく、そういうあれこれも子どもたちに伝えたい。押しつけにはならない程度に。

ということで、心は決まった。その夜に中町さんに電話をかけ、やらせてもらいます、と言った。そんなふうにして、僕はリバーベッドSCのコーチになった。

いつもゴール裏から眺めていた少年サッカー場に足を踏み入れる時は少し緊張した。まずはクラブ全体の監督であり六年生の担当でもある中町さんが子どもたちに僕を紹介してくれた。

「こちらが今日から新コーチとして加わる室屋忠仁さんな。高校までサッカーをやってた。ポジションはディフェンダーだそうだ」そして僕に尋ねた。「えーと、左サイドバックだっけ？」

「右です」と答えた。「左足は得意じゃなかったので。実は今でも得意じゃないです。何ならみんなに教わりたいくらいで」

本音だったが、冗談と捉《とら》えたのか、皆、笑ってくれた。それで緊張は解《と》けた。

「室屋コーチには三年生を担当してもらう。みんな、言うことを聞けよ。で、しっかり教えてもらえ」

「はい」と口々に子どもたちは言った。きれいに揃《そろ》わないところがよかった。

子どもたちの力はその日の内にわかった。差はやはり大きかった。基礎が身に付くまでは仕方ない。身に付けてしまえば、その差は一気に縮まる。

チームで一番上手いのは、幼稚園児の時からやっていた永瀬律希くん。この律希くんが断トツ。二つ上の学年の子にも技術では負けなかった。事実、四年生になった今は、中町さんが六年生の試合に出したりもしている。

コーチになると、僕は中町さんの勧めもあって、すぐに審判員4級の資格を取得した。それがないと公式戦の審判を務められないからだ。講習を受けたり何だりで取得するのは一日がかりだが、その一日で済んでしまうのはありがたかった。測量士の資格の次に来たのが、まさかの審判員4級。それには一人、笑った。

コーチはあくまでもボランティア。無償。だが保護者からの要望は多い。聞けることは聞いて、聞けないことは聞けないとはっきり言って。中町さんにはそう言われている。相手によって返事を変えるのはなしね。こっちはタダでやってるんですよって言うのもなし。事実そうなんだけど、それを言ったところでいいことは何もないから。

子どもたちの総数は六十五人。クラブとしての規模は決して大きくないが、それでもコーチは十七人いる。練習の際は四人程度で指導する。僕は三年生からの持ち上がりで、今は四年生の担当だ。羽根《はね》くんや辻岡《つじおか》さんや浦野《うらの》さんと一緒に練習を見ることが多い。

羽根開《かい》くんは三十五歳、未婚。このクラブの出身だ。高校までやっていたので、サッカーは上手い。技術は僕より上だが歳は下なので、何かと僕を立ててくれる。室屋ヘッド、とふざけて呼んだりもする。ヘッドコーチのヘッドだ。

地域のクラブだからこそいい加減なことはしたくない。子どもたちを少しでもいいサッカー選手に育てたい。羽根くんはそう思っている。だから指導は厳しい。プレーのミスを責めたりはしないが、叱咤《しった》の言葉をかけたりはする。勢い、どうしても上手い子たちに目を向けがちになる。

辻岡さんと浦野さんは僕より歳上で、既婚。ともに選手の父親だ。いわゆるお父さんコーチ。サッカーはそれほど上手くない。辻岡さんに関しては、まったくの未経験者。だからコーチというよりは世話役に近い。だがどちらも楽しそうだ。休みの日に早起きするのはつらいけどね、と辻岡さんは言い、でもここに来ちゃえばすっきりするよ、と浦野さんは言う。同感だ。

たまにはOBの子たちが練習を手伝ってくれたりもする。例えば今も近くの都営住宅に母親と二人で住む大学生の国崎瑞哉《くにさきみずや》くんは、月二のペースで来てくれる。子どもたちとボールを蹴り合える大人は一人でも多い方がいいので、これは本当に助かる。ただ、三月からは就職活動が始まるとのことで、あまり来られなくなるらしい。残念だ。と、これは子どもたち自身がそう言っている。歳が近いこともあり、僕らコーチ以上に子どもたちからの人気が高いのだ、国崎くんは。

保護者の人たちは普段の練習には来ないが、試合となれば観に来る。その時は事前にお願いしておき、あれこれ手伝ってもらう。例えば給水ボトルの準備や試合場への選手の送り迎えなんかを。

中には渋る人もいる。送り迎えをするのはいいけど、車を持ってない人は何をするんですか？　と訊いてくる人もいる。月謝を払ってるのに手伝わされるんですか？と言ってくる人もいる。皆さんにそれぞれができるお手伝いをお願いしています。月謝はあくまでも月会費で、そのお金はスポーツ保険料や用具代に回っています。と、その都度説明する。練習よりもそちらの方が手間だったりする。

担当する現四年生の保護者には、顔を合わせる機会があれば自分から挨拶《あいさつ》した。

皆、基本的には親切だ。が、親切な奥さんの後ろに、素人がちゃんと教えられんの？とボソッと言うダンナさんが控えていたりもする。逆の場合もある。サッカー好きなダンナさんが熱心で奥さんはまるで無関心、とか。僕が見たところ、双方が同等に熱心という家庭はむしろ少ないようだ。

そんな中で、美汐さんはよくやってくれた。僕らコーチにも他の保護者たちにも子どもたちにも細やかな気配りができた。

僕が入って初めての試合の時には、挨拶に来て、言ってくれた。

「新しいコーチの方ですね。小牧寛斗の母です。お世話になります」

その後、何度めかの試合の時にはこんなことも言ってくれた。

「室屋さんがチームに入ってくれてよかったです。寛斗、室屋コーチの教え方はすごくわかりやすいと言ってます。ゆっくりきちんと説明してくれるからいいって。言葉だけじゃなく動きで見せてくれるからいい、んだそうです」

うれしかった。そんなことなら他のコーチもやっている。羽根くんだってやっている。実際にやって見せられる。それが経験者の強みなのだ。

僕はその動きを一つ一つ止める。その時の右足の曲がり方とか左足の伸び方とか、そんなようなものも見せるのだ。上手い律希くんのような子にはしない。まだ基礎ができてない子たちにする。

正直、やり過ぎかと自分でも思っていた。丁寧すぎるかな、と。だからこそ美汐さんの言葉はうれしかった。羽根くんは高等技術担当、僕は底上げ担当。それでいいのだと思えた。

「寛斗は他のお子さんたちほど上手じゃないからご迷惑をおかけすることもあるかもしれませんが、よろしくお願いします」

「いえ。こちらこそ、よろしくお願いします」

それから、少しずつ色々な話をするようになった。もちろん、試合の日に。グラウンドでだ。

美汐さんがパートでなく正社員として働いていることを知った。一人で寛斗くんを育てていることも知った。はっきりとその言葉が出たりはしなかったが、離婚したのだということも、何となく知った。いや、何となくでもない。永瀬充代さんが他のママさんにこう言っているのを聞いた。だって、ほら、寛斗くんママは離婚してるから。

そして今回のこれだ。美汐さんからの要請。

こういうのは、結構ですから。寛斗を無理に試合に出していただかなくてもいいです。

寛斗くんがクラブを辞めなきゃいいな、と思う。わからない。辞めてしまうかもしれない。変な噂を立てられたらクラブには居づらいだろう。寛斗くんだけでなく、美汐さんも。

ここでも否定はしない。美汐さんのことは好きだ。だが誘ったりはしなかった。電話をかけたりもしなかった。そこはきちんとわきまえた。なのに、こうなった。

僕はどうすればよかったのか。細やかな気配りを見せる美汐さんを、偉そうなコーチとして邪険に扱えばよかったのか。保護者とのグラウンドでの立ち話は厳禁、とのルールを中町さんに作ってもらえばよかったのか。

次いで、こんなことも思う。もしも寛斗くんがクラブを辞めたら。その時は遠慮する必要はなくなる、のか？　美汐さんを誘うこともできる、のか？

だがそんなことにはならなかった。寛斗くんがクラブを辞めることはなかった。代わりに他の者が辞めた。僕だ。

美汐さんにああ言われてから一週間が過ぎた日。日曜日。僕は予定通り少年サッカー場に行った。

その日は練習。試合ではない。だから保護者はいなかった。

練習が始まる前に、室屋くんちょっと、と中町さんに呼ばれた。

中町さんは、ボールをドリブルしながらゴール裏に行った。芝地。僕らが初めて話をしたあの場所。そこでボールを止め、振り返った。

あの時同様、およそ一メートルの距離をとって、僕も立ち止まる。

息をふっと吐き、中町さんが言う。

「あのさ、保護者の人たちが言ってるんだよね」

「何をですか？」

「室屋くんが、何ていうか、特定の子に肩入れしすぎてるんじゃないかって」

伏せる必要はない。言う。

「寛斗くんですか？」

「まあ、個人名は」

その件だと予想はついていた。子どもたちにも他のコーチにも聞かれたくないから、場所を移したのだ。そもそも六年生担当の中町さんは四年生の練習には顔を出さないこともある。今日はこのために出てきたのだろう。

「どういう話になってるんですか？」

「親御さんと、こう、親しすぎるんじゃないかと」

親しすぎる。上手い言葉だ。美しすぎる医師や美しすぎる格闘家と同じ。意味はないのに、ニュアンスだけは伝わる。

「小牧さんの名誉のためにも言っておきますけど。皆さんがご想像されてるようなことは何もありませんよ」

「そうだとはおれも思うんだけどさ」

思うのなら。とは言わない。言っても仕方ない。

「疑ってる方々に、僕が説明してもいいですけど」

「いや、それは。かえって事が大きくなっちゃうから」

「みんなを試合に出すのは、そんなによくないことですか？」

「そうは言わないよ。でも上手い子たちは、ちょっと不満に思うかもしれない」

「上手い子たちの親御さんは、ですよね」

「それも、正直、なくはない。保護者の人たちの意見も、無視はできないからね」

「どんな意見ですか？」

「羽根コーチの指導方針に賛成、みたいなことかな」

「中町さんも同じ、ということですよね？」

「うーん。まあ」少し間を置いて、中町さんは言う。「そうとってくれてもいいよ」

「わかりました」やはり少し間を置いて、僕は言う。「僕がコーチを辞めれば、寛斗くんは続けられますよね？」

「あぁ。もちろん」

「子どもたちにおかしな話が伝わらないよう、配慮はしてもらえますよね？」

「それは約束するよ」

約束は、してもらうまでもない。僕が頼まなくても、子どもにこんなことを言うわけがない。

「じゃあ、辞めますよ。今日はどうしますか？　このまま練習を見て最後に挨拶、にしますか？　それとも、最初に挨拶して、帰った方がいいですか？」

「室屋くんがよければだけど。最後に、でいいかな。この後すぐに挨拶だと、何か、今もめたみたいになっちゃうから」

「わかりました。そうします」

そんなわけで、この日の練習は最後まで見た。いつもと変わらないようにやったつもりだ。

寛斗くんとも普通に接した。動きを一つ一つ止め、ゆっくりきちんと説明した。こう？　と試した寛斗くんが言い、そう、と僕が言った。

ロングパスの練習では、おぉ、左足、正確になったね、と僕が言い、うん、ちょっとできるようになった、と寛斗くんが言った。四年生の二月でこれなら上出来だ。期待できる。

そして練習を終えると、子どもたちに挨拶をした。

「急なことで申し訳ないですけど。僕は今日で終わりです。お世話になりました」

「えぇっ！」「嘘！」「マジで？」「何で？」という声が子どもたちから上がった。

「ごめん。仕事が忙しくなっちゃって。五年生になっても六年生になってもがんばってください。みんなとサッカーができて僕も楽しかったです。二年弱、ありがとうございました」

と、まあ、その程度。さらりと済ませ、僕はリバーベッドSCのコーチを辞めた。

その夜。初めて美汐さんからスマホに電話がかかってきた。

SC小牧さん、という登録名が画面に表示されて驚いた。慌《あわ》てて出る。

「もしもし」

「もしもし。夜分遅くにすいません。小牧です。小牧寛斗の母の」

「どうも」

「こんばんは。今、少しお話しても大丈夫ですか？」

「はい」

「寛斗から聞きました。室屋さんが辞められたと」

「あぁ。そうですか」

「原因は、わたしたちですよね？　わたしと寛斗」

「そんなことは」

ないです、とは言えない。それは嘘になってしまう。だからこんな言い方になる。

「何か、色々と誤解があったみたいで」

「すいません。わたしたちのせいで」

「小牧さんのせいではないですよ。僕がもう少し気をつけるべきでした。いやな思いをさせて、こちらこそすいません」

「いえ、そんな。室屋さんにいやなことを言ってしまったのはわたしです」

その件には触れず、美汐さんにこう尋ねる。

「寛斗くんは、辞めないですよね？」

「はい。寛斗はサッカーが好きですし。チームにはいいお友だちがたくさんいるので、わたしも辞めさせたくないです」

「よかったです。こないだも言いましたけど、寛斗くん、本当に上手くなってますから。ここで辞めたらもったいないです」

「ありがとうございます。そう言ってもらえると助かります。でも、何か」

「気にしないでください。これまで僕も楽しませてもらいました」

「言ったの、充代さんですよね？」

「はい？」

「中町さんにあることないこと吹きこんだのは、たぶん、永瀬充代さんですよ」

初めて美汐さんの口からその名前が出た。

「そう、なんですか？」

「そうでなかったら、中町さんも動かないですよ」

どうだろう。よくわからない。

「こんなことを言うのはよくないですけど。でもこうなった今だから言いますけど。あのお二人こそ怪しいですよ。わたし、一度、中町さんの車に充代さんが乗ってるのを見たことがあります。その時は何かチームで使う物でも買いに行くんだろうと思ったんですけど。やっぱりおかしいですよね、二人で車に乗ってるっていうのは」

「二人、だったんですか」

「はい。運転席と助手席、でした。まあ、それだけのことなので、だからどうとは言えませんけど」

中町さんと充代さん。どちらも既婚者だ。ないとは思う。だがわからない。他人のことは、本当にわからないのだ。中町さんと充代さんにも僕と美汐さんのことはわからなかったように。

「そのことを、他の方には」と尋ねてみる。

「言いませんよ。これからも言わないです。こんなことになったから室屋さんには言っちゃいましたけど」微かなため息をつき、美汐さんは続ける。「いやですね、何か。色々なことがいやですよ」

確かにそう。色々なことがいやだ。この件にまつわる色々なことがバカらしい。

迷った。こんなことになったから、すなわち僕はもうクラブを離れたから、美汐さんを誘ってみようかと。

そしてわずか数秒で結論を出した。誘わない、と。

誘うのをとどまれる程度には心は冷えていた。

それでも、電話を切る間際にこう言った。

「寛斗くんに、これからもがんばるよう伝えてください」


僕の職場は狭い。ちょっと笑ってしまうくらいに。

一応、一つのれっきとした店だ。リペアショップ。地下鉄の改札外通路にある。

配置人員は一名。休憩を境に交替することもあるが、休憩の間だけ店を見てもらうこともある。土日と祝日は要員の確保が難しいので、休憩時間には店を閉めてしまう。昔の駅の売店のようなものだ。一人で店をやっているおばちゃんの休憩時間には閉めるという。

合カギを作りに来る人。靴のヒールを直しに来る人。鞄を直しに来る人。時計の電池交換に来る人。利用客は多い。

その場で扱える物は扱うし、扱えない物は預かる。預かって、時間のある時に自分でどうにかすることもあるし、工場に回すこともある。損傷の度合いがひどい鞄や傘は工場行きだ。

暇な時は暇だが、忙しい時は忙しい。お客さんが続く時は続く。多ければ、すぐわきの待合用の椅子に三人が座ったりもする。

初めのころは焦《あせ》っていたが、今はもう焦らない。焦っても仕方ないのだ。それで仕上がりが遅れることはあっても早まることはない。この三年でそのことがわかった。ただ、お客さんを苛立《いらだ》たせないよう、急ぎはする。そのコツもつかめてきた。動作を速くするだけではない。手を止める時間をなくすのだ。これは簡単なようで、慣れるまでは難しい。一つ先二つ先の工程を考えて作業を進めなければならないから。

仕事に慣れてくると、お客さんのことだけでなく、少しは店の利益のことも考えるようになった。といっても、店から離れるわけにはいかないので、やれることには限りがある。来てくれたお客さんに働きかける、そのお客さんを離さない、というのがそれだ。

サッカーと同じ。受けだけではいけない。守りつつ、攻めなければいけない。受けながら仕掛けるのだ。来てくれたお客さんに、これこれこんな修理も承《うけたまわ》りますよ、と控えめに伝える。需要を掘り起こし、次へとつなげる。

ただし、伝えればいいというものでもない。伝え方、勧め方には気をつければいけない。それで女性客に不快な思いをさせてしまったこともある。

　靴の修理の話をしていたのだが、それまでの流れからついその女性客が結婚していると思いこみ、ダンナさんの革靴もお持ちいただければ、と言ってしまったのだ。遮るようにこう言われた。別れたダンナの靴なんて持ってきませんよ。あぁ、すいません、と言うしかなかった。せめてご自身の物だけでも、とはもう言えなかった。

　それでも、トライするようにはなった。仕掛けての失敗なら仕方ない、と思えるくらいにはなった。測量士時代はそこまで考えなかった。考える必要もなかった。今は考える。

　で、これもやはりサッカーと同じ。自分が疲れていると、受けるだけで精一杯になる。仕掛けの一歩を踏み出せなくなる。サッカーの場合は心身の身の疲労。仕事の場合は心の疲労だ。

　心の疲労は、残念ながらまだ残っている。リバーベッドSC退団の件は、というよりも小牧美汐さんとの件は、案外尾を引いていた。別れたダンナの靴なんて持ってきませんよ、の別れたダンナという言葉でも、美汐さんのことを思いだしてしまうのだ。美汐さんにも別れたダンナがいるんだよなぁ、という具合に。

　知り合ってたかだか二年弱。そう何度も話したわけではない。それだけに、話したことはほとんど覚えていた。

例えば。

「寛斗くんていい名前ですよね」とほめたことがある。

何だそれ、と自分で思い、美汐さんにもそう思われたかな、とも思った。

が、美汐さんの反応はこうだった。

「ヒロトじゃなく、カントと読まれちゃうことも多いんですよ。同じ名前の偉い人もいるし」

「偉い人」と言って考えた。

「ほら、昔の人。どこだかの国の人」

「あぁ。カント」

「そのカントからきてるんですか？　って訊かれたことがありますよ。ちがいます、そもそもヒロトですって説明して、後でこっそり調べました。名前は何となく知ってたけど、何をした人かは知らなかったので。カントさん、哲学者なんですね」

「ドイツの、でしたっけ」

「すごい。室屋さん、知ってる」

「すごくないですよ。その、ドイツの哲学者っていうことだけ知ってました」

「わたしは名前止まりでしたよ」

そう言って、美汐さんは笑った。その笑みの柔らかさが、何というか、よかった。

すごい、の言い方もよかった。すご〜い、とまではいかない程度の、すごい。少し伸ばす。伸ばしすぎない。

美汐さんを好きになったのはその時だと思う。久しぶりに、人をいつの間にか好きになった。無理なく好きになった。

そんなのは大学の時以来だ。いや。あのころは、大学生なのだから恋愛の一つもしなければ、と無理をしていた。無理に告白して、付き合った。関係はすぐに終わった。以後、女性と付き合ったことはない。測量士時代は知り合うことさえなかった。

カントを機に、会話は少しずつつくだけていった。

美汐さんが正社員として働いていることはすでに知っていたが、その会社がコンビニの運営会社であることも知った。夕食はコンビニ弁当で済ますことが多いと僕が言った時に教えてくれたのだ。じゃあ、わたしのお店で買ってくださいよ、と。少しひねったやり方で。

その後に美汐さんは言った。

「室屋さんは、カギ屋さんなんですよね？　中町さんに聞きました」

「カギ屋というカギ屋ではないですけどね。他のこともあれこれやりますので」

「他のことっていうのは」

「靴の修理に鞄の修理に傘の修理。時計の電池交換もします。靴だったら、ヒールの修理だけじゃなく、パンプスの中敷きを張り替えたり、ブーツのファスナーを直したり」

「じゃあ、一つお訊きしてもいいですか？」

「どうぞ」

「幅が狭いから痛くて履《は》けないパンプスが家にあるんですよ。そういうのを直すのは、無理ですよね？」

「いえ。できるかもしれません」

「ほんとに？」

「はい。靴のサイズが合わないわけではないですよね？」

「ないです。幅だけ。買う時に履いてみて、少し歩いてもみて、大丈夫だと思ったんですけど、いざ買って歩いてみたら駄目でした。小指の付け根のところが痛くて痛くて」

「わかります。僕も同じことになって、買ったばかりの靴を捨てたことがありますよ」

「靴の革は履いてる内に伸びるとか言うじゃないですか。伸びないですよね。一ヵ月ぐらいがんばって履いたんですけど、無理でした。でもきれいはきれいだから捨てるに捨てられなくて。今は玄関の靴箱で眠ってます」

「ケースバイケースなので絶対に直るとは言いきれませんけど、試してみる価値はあると思います」

「じゃあ、今度お願いしてみようかな」

「ぜひ」

結局、お願いはされなかった。そうなる前に、こうなってしまったのだ。

もしもお願いされたら。店まで来てもらう手間を省き、試合がある日にグラウンドで預かるつもりでいた。そして直した物を次の試合の日に渡す。それまで待てないなら、僕が届けてもいい。別に下心があったわけではない。ないが、そうなったらいいな、というくらいのことは思っていた。

コーチを辞めてから、僕は日々黙々と仕事に当たった。お客さんには愛想よく接したが、営業的な声かけまではできなかった。その一歩は踏み出せなかった。やはり疲れていたのだ。心が。

それでも、午後八時の閉店間際に訪れたお客さんには対応した。歩いている時につまずいてパンプスのヒールが欠けてしまった、という二十代前半ぐらいの女性客だ。近くに勤め先がある。夕方そうなってしまったのだが、仕事があるのですぐには来られなかった。どうにかそれを終えてやってきた。ヒールが欠けたパンプスで駆けつけた。ということらしい。

時刻は七時五十八分。早口で説明した女性客が、時計を見て不安げに言う。

「もう駄目、ですよね？」

「いえ、やりますよ。まだ時間前ですし。代わりの靴もないのにそれじゃ、困っちゃいますもんね」

「はい。いいですか？」

「もちろん。すぐやります。そこの椅子に座ってお待ちください。その間はこれを履いていていただいて」

そう言って、スリッパを渡す。

「よかったぁ。ありがとうございます。この靴で帰るのもいやだし、修理のために明日また持ってくるのも面倒だなぁ、と思ってたんですよ」

「来ていただいて、こちらもよかったです」

パンプスを受けとり、さっそく修理にかかる。

ヒールはまさに先が欠けた状態。問題ない。これならこの場で直せる。十分もあれば終わるだろう。この程度で喜んでもらえてありがたい。二分前とはいえ、来てくれたのは閉店前。対応して当然だ。

が。

ここからがよくなかった。修理をする十分の間に次のお客さんが来てしまったのだ。

「あの」と声がかかり、

「はい」と修理台のところで顔を上げる。

二十代後半ぐらいの女性客だ。外は雨なのだろう。髪と服が少し濡れている。

手を止め、寄っていく。カウンターを挟んで向かい合う。

「傘直してほしいんですけど」

見れば、折りたたみ傘だ。ブランド物。ここへ来るまで使っていたのか、濡れている。

「えーと、折りたたみは、お直しできないこともあるんですよ。ちょっと見てからでないと何とも」

「じゃ、見てください。すぐ直してください。時間がないんで」

「すいません。今日はもう閉店時間を過ぎてしまいまして」

「やってるじゃないですか、今」

「そちらが最後のお客様でして」

女性客は、椅子に座っている先客をチラッと見て言う。思いも寄らないことを。

「この人はよくてわたしは駄目なんですか？」

「いえ。こちらは閉店前にお越しいただいたので」

「閉店したのに何で店を開けてるんですか？　これじゃ、やってると思っちゃいますよ。閉めたって言うならちゃんと閉めてくださいよ。シャッターを下ろして中で修理すればいいじゃないですか」

さすがに驚いてしまう。お客さんを外の椅子に座らせてシャッターを閉め、中で修理。そんなことできるわけがない。する意味がない。

だがそうは言わない。この女性客も、そんな理屈もわからずに文句を言っているのではないだろう。

「紛《まぎ》らわしいことしないでくださいよ。開いてると思ったから声かけたのに」

すいません、と言いそうになるが、言わない。説明はしたのだ。迂闊《うかつ》には謝れない。

疲れていた心が、一瞬にして冷える。

思いだす。測量士時代の間宮速雄を。次いでリバーベッドＳＣの永瀬充代さんを。そして中町逸平さんを。

その三人が何故か今ここでつながる。初めて会うこの女性客をきっかけに。

はっきりと、うんざりした。自分の理屈で勝手なことを言いだす人たちに。他人を動かそうとしてしまう人たちに。そうしてもいいのだと思ってしまう人たちに。立場の優位性をとことん利用してしまう人たちに。

普段なら、閉店時間を過ぎていたとしても依頼は受ける。店を開けている限りは受ける。これまではずっとそうしてきた。そうやれてきた。

が、今は。

やれそうにない。やりたくない。

苛立ちは隠さない。言葉だけは丁寧に。そう決めて、言う。

「こちらの修理を終えてからお預かりすることはできますよ」

「だから預かるんじゃなくて今ここで直してほしいんですよ」

「それは難しいかと」

「何でですか」

「折りたたみ傘の場合、部品と言いますか、材料が少ないので、修理ができないこともあるんですよ。できたとしてもお時間がかかります。よその店舗か工場に送らなければいけなくなることもありますし」

「傘の修理もやってるっていうから来たんですけど」

「すいません」とここでは言う。それについては謝れる。

「できないならやってるって言わなきゃいいのに」

「できる物も、ありますので」

「ここでずっと待ってれば直してくれるんですか？」

「それは見てからでないと」

「じゃ、すぐ見てくださいよ」

「ですので、こちらを終えたらすぐにということで」

「見るだけじゃないですか」

「それでも、ちょっとお時間はかかりますので」

「もういいです。わかりました。よそに頼みます。お客を差別しないところに」

そう言うと、女性客はプイと横を向き、スタスタと歩き去る。

一応、そちらへと頭を下げる。そして三秒ほどで上げ、椅子に座っている女性客に言う。

「すいません。すぐやりますから」

「何かすごいですね」と女性客は顔に驚きを浮かべて言う。「自分が閉店後に来てあんなことを言わないですよ、普通」

「まあ、それは」と苦笑を返す。

何とも言いづらい。好意的なお客さんにでも、他のお客さんの悪口は言えない。

「多いんですか？　ああいう人」

「いえ、そんなことは」

多くはない。が、いないこともない。年に何度かは当たる。

「わたしの会社にもいますよ。ああなりそうな人。女の先輩。その人に仕事を押しつけられたせいで、今日も会社を出るのが遅くなっちゃったんですよ」

「そうでしたか」

「明日自分がやればいいことを今日わたしにやらせる。で、急がせる。何なのって感じです」

間宮速子《はやこ》だ、と思い、つい笑いそうになる。こらえて言う。

「では二、三分お待ちを」

そして僕は作業に戻り、最後の仕上げにかかる。パンプスのヒールを磨き、左右の高さに差がないかを確認する。

傘の女性客に言われた言葉、お客を差別しないところに、が耳に残っている。差別をしたつもりはない。だが例えばこのパンプスのお客さんが閉店後に傘のお客さんとして来ていたら、ちがった対応をしただろう。もう少し余裕を持った対応ができていただろう。

あの女性客は、もしかしたら会社にクレームを入れるかもしれない。先客がいたことは伏せ、あの店員はわたしが持ってきた傘を見ようともせずに修理を断った、と都合よく言うかもしれない。それで何らかの処分が下されるなら受け入れる。が、会社を辞めはしない。コーチは辞めても、会社は辞めない。

ようやく修理を終え、僕は椅子に座っている女性客に声をかける。

「お待たせしました。念のため、履いてみていただけますか？」

女性客は実際に履いてみる。

「バッチリです」

「左右の高さも、大丈夫ですよね？」

「大丈夫です。同じです」

「お時間をとらせてしまって、すいませんでした」

「いえ。店員さんのせいじゃありませんよ。わたしこそ時間ぎりぎりに来ちゃって、すいませんでした。ほんと、助かりました」

お金を頂く。お釣りを返す際には、疲労を隠して言う。

「鞄の修理も時計の電池交換もやってますので、もし何かありましたら、よろしくお願いします」その後に付け加える。「あの、傘も、直せる物もありますので」

「はい。壊れたら持ってきます。その時はお願いします。会社のいやな先輩にも薦めておきますよ。またさっきみたいなことがあったら、そのいやな先輩かも、と思ってください」

「思っておきます。ご利用、ありがとうございました」

女性客が去ると、僕は急いで店を閉めにかかる。やってるかと思った、というお客さんがもう来たりはしないように。

ダダンダダン！　ダダンダダン！　ダダンダダン！

頭上を電車が走っていく。たぶん、下りの各駅停車。音は快速とあまり変わらない。特急だと変わるのだ。走行音が変わるだけでなく、ピューン、という特急感も加わる。

轟音に身を包まれ、電車を真下から見る。スケルトン、と呟き、僕は川の上流の方へと向かう。

平日だが、今日は仕事は休み。だからこちらへ歩いてきた。リバーベッドＳＣが少年サッカー場で練習をしていないことはわかっていたからだ。

コーチを辞めてからというもの、こちらへは来づらくなった。気にしなければいいのだろうし、練習中にわきの道を歩いたところで気づかれることもないのだろう。だがやはり落ちつかない。

土日や祝日が休みの時は海の方へ行くようになった。そちらへ三十分ほど歩き、荒川ロックゲートのところでターンする。往復で一時間。最近はそうしている。

鉄橋をくぐってしばらく行くと、少年サッカー場が見えてきた。平日の午後四時半。空いている。

と思ったのだが。

近づいてみると、そこで二人の子どもがパス交換をしていることがわかった。

まあ、そんなこともあるだろう。せっかくのいいグラウンド。放課後にちょっとサッカーでも、となってもおかしくない。というか、そんな子たちもいてほしい。

とも思ったのだが。

さらに近づいてみると、その二人が見知った顔であることもわかった。永瀬律希くんと小牧寛斗くんだ。リバーベッドSCの。

先に僕が気づいていたら、引き返そうとしたかもしれない。あるいは、斜面を上り、土手の道を行こうとしたかもしれない。

だが僕らが気づいたのはほぼ同時。

こちらに顔を向けていた律希くんが言う。

「あ、コーチ！」

振り向いた寛斗くんも続く。

「コーチ！」

そうなっては、立ち寄らないわけにもいかない。僕はコーチを辞めて以来初めて、少年サッカー場のピッチに足を踏み入れた。

律希くんと寛斗くんも寄ってくる。律希くんはボールをドリブルしながら。寛斗くんはただ走って。

「どうしたの？」と律希くんに訊かれる。子どもらしい、ざっくりした質問だ。

「今日は休みなんだよ」と答える。「だから散歩」

「散歩。おっさんだ」と律希くんが笑う。

「おっさんはないだろ」と僕も笑う。「まあ、おっさんだけど」

「久しぶりだね」と寛斗くん。

「そうでもないよ」と僕。

だが子どもにとっては久しぶりかもしれない。おっさん時間と子ども時間は進み方がちがうのだ。僕も覚えがある。例えば夏休みが終わった時、冬休みは永久に来ないように感じていた。

「学校は終わったの？」と自分から尋ねてみる。

「終わった」と寛斗くんが答え、

「ダッシュで来たよ」と律希くんが言葉を足す。

「いつもここでやってるんだ？　サッカー」

「いつもじゃないよ」と律希くん。「だってゲームとかもしなきゃなんないし」

しなきゃなんない、というのはいい。子どもたちにとって、したいことは、しなきやなんないことなのだ。成長するにつれて、したいことの多くが、無理にはしなくてもいいこと、に変わっていく。

「仕事が忙しいんでしょ？」と律希くんがさらに言う。

「そう、だね」と返す。

「コーチもできないくらい忙しいの？」

「そう、かな」

最後の挨拶で僕が言ったことを、律希くんも寛斗くんも信じてくれているようだ。そのことはうれしいが、それが事実でないことは悲しい。

ただ、一方ではほっとする。永瀬充代さんも、息子にまでコーチの悪口を言ってはいないらしい。まあ、言えないか。室屋コーチは寛斗くんママに手を出したのよ、とは。

充代さんのような人は、ごく一般的なことはきちんと教えるのかもしれない。食べ物を粗末にしてはいけませんとか、レギュラーでない子のことを悪く言ってはいけませんとか。

実際、律希くんはいい子だ。チームメイトの誰にでも優しい。だからといって弱くはない。リーダーになれる強さがある。

例えば点取り屋のフォワード園部《そのべ》研磨くんなんかは、上手くない子を少し見下してしまう。試合中にいいパスが来なかったりすると、何やってんだよ、とつい声に出してしまう。律希くんはそんなことはない。ないし、そういうのはやめようと研磨くんに柔らかく注意することもできる。

「たまにはこうやって二人でボールを蹴るの？」と僕が尋ね、

「たまにはね」と律希くんが答える。

今度は寛斗くんが言葉を足す。

「みんなが上手くなればチームは強くなるって、コーチ、言ってたでしょ？　ってことは、ぼくがもっと上手くなればチームはもっと強くなるってことだよね。だから律希にお願いしてんの、サッカー教えてよって」

そして律希くんが正す。

「別に教えてるわけじゃないよ。好きだからやってるだけ。サッカー」

律希くんと寛斗くんの力にはまだ大きな差がある。それでも、二人でボールを蹴り合うことはできる。球技のいいところだ。

ここは区が貸しているグラウンドだから、許可なく使ってはいけないのだと思う。だが空いているグラウンドでサッカーをしてはいけないという理屈は子どもには通じない。芝生ならともかく、土のグラウンド。マイナスは何もない。サッカーができないサッカー場など、あってはいけないのだ。

「コーチ」と寛斗くんが言う。「仕事って、大変?」

「まあ、大変かな」

「ウチのお父さんはよく言うよ、仕事は大変だって」とこれは律希くん。

「ウチのお母さんも言う」と寛斗くん。

言うのか。美汐さん。

「でもお父さん」と律希くん。「あんまり大変そうに見えないんだよね。お酒飲んで、楽しそうに帰ってくるし」

「楽しそうに帰ってくるの?」とつい訊いてしまう。

「うん。ご機嫌ねって、お母さんに言われたりしてる」

言うのか。充代さん。

そんな会話があるなら。夫婦関係は上手くいっているのではないだろうか。それとも。そのご機嫌ねは嫌味や当てこすりの類なのか。関係はすでに冷えきっていて、だから充代さんは中町さんと車に、などということもあるのか。

「ちょっとパスやろうよ、コーチ」と律希くんが言い、

「やろうやろう」と寛斗くんも言う。

それは断れない。僕は仕事の都合で辞めたことになっているのだから、その仕事が休みの日に断るのはおかしい。と、そんなことよりも何よりも。僕自身がやりたい。

「よし。じゃあ、やるか」

律希くんと寛斗くんと僕。三人でセンターサークルの方へ向かう。そして正三角形を作り、三人でパス回しをする。

律希くんから寛斗くんへ。寛斗くんから僕へ。僕から律希くんへ。

頃合いを見て。左足も使うべく。

僕から寛斗くんへ。寛斗くんから律希くんへ。律希くんから僕へ。

やや大きめの声で、律希くんが言う。

「コーチの教え方、好きだったのに。監督とか羽根コーチとかとちがってあんまり怒らないからいいって、みんな言ってるよ。な？　寛斗」

「うん。僕のお母さんも言ってる」

「ありがとう。うれしいよ」と二人に言う。

うれしいが、微妙だ。コーチたるもの、時には厳しい指導も必要だから。

だが律希くんが、そして寛斗くんまでもがそう言ってくれるのはうれしい。辞めたとはいえ、やってよかった。素直にそう思える。

実質的に、僕はクビになった。

ショックはショックだった。

が、変にもめなくてよかった。本質を見失わなくてよかった。

つまるところ、大事なのは選手だ。コーチではない。
律希くんと寛斗くん。
霧は、少し晴れた。

塵
―CHIRI―

もう。朝の満員電車でパンパンのリュックとか、勘弁してよ。
邪魔になってることぐらいわかるでしょ。
胸の前に持ちなさいよ。持ち替えてから乗りなさいよ。
何、背負ったまま偉《えら》そうに歩いてんのよ。
降りるおれ優先、みたいな顔してんじゃないわよ。

聞こえるなら聞こえるでいい。むしろ聞こえてほしい。

というくらいの感じでチッと舌打ちし、エスカレーターの二段下にいる玉井令太《たまいれいた》に言う。

「勘弁してほしいよ。周りに迷惑なの、気づかないのかな」

二段上にいる三十前後の男が振り向き、こちらをチラッと見る。そうしたせいで背中のリュックが揺れ、わたしは大げさにのけぞる。他人のリュックになんて触れられたくない。頬を掠《かす》められでもしたら、ちょっと！　と怒鳴ってしまうかもしれない。

男はわたしを一瞥《いちべつ》しただけで、すぐに前を向く。向くだけ。リュックを下ろして胸の前に持ちはしない。どうせ地下鉄の車内でもその大きなリュックを背負ってたにちがいない。その状態でのっしのっしと偉そうに歩いてたのだ。

わたしの今の言葉も聞こえてたはず。でも意固地になって直さない。小さい男だと思う。体もリュックも大きいが男としては小さい。服装はビジネスカジュアル。ということは、ただの仕事帰り。なのに何でそんなに多くの物を持ち歩かなければならないのか。

エスカレーターを降りると、わたしは令太と並んで地下通路を歩く。幸い、男はすぐに左に曲がり、姿を消す。行く先々で周りから煙たがられるんだろうな、と思いながら令太に言う。

「ああいうのを見るたびに不安になるよ。自分があんな人を派遣しちゃってないかなって」

「そこまでウチらが責任を持たなくていいよ。それはその人個人の問題」

「でもそんな細かいことにまで文句をつけてくる会社もあるじゃない」

「デカいリュックを背負って歩く人が来ちゃったんだけどって？」

「そう。満員電車にも背負ったまま乗る人が来ちゃったって」

「それはもう、その会社の規則でどうにかしてもらうしかないね。通勤時には小さめのリュックを使用すること、とか」

「ほんとにそうしてほしいよ」

「そこまで決める会社があったら、誰も行きたがらないだろうな。あ、こっちね」

令太は通路と直結するビルに入っていく。ショップやレストランがたくさんある商業施設だ。

「駅から直《ちょく》で行けるのはいいよね。特に今日みたいな雨の日は。一々傘を差さなくて済むし」

と、そんなことを言ってはいるが、令太は雨男だ。いつも肝心な日に雨を降らす。二人でディズニーランドに行った時も降らせたし、二人でサッカーの試合を観に行った時も降らせた。

ディズニーはともかく、サッカーにはまるで興味がなかったが、いやいや、代表の試合だよ、日本代表、と令太が言うので、仕方なく付き合った。そしたら、雨。傘を差して寒さに震《ふる》えながら、観たくもないサッカーの試合を観た。隣の人の傘が体に当たるわ雨の滴《しずく》が服に垂れるわで、もう最悪だった。

その上、令太は無邪気な顔で言った。ディズニーに続いて今日も雨。真波《まなみ》は雨女なのかな。それには本気でキレた。ハーフタイムだか何だかの時に、もう帰るとまで言った。ごめん。欲しがってたネックレス買うから。と令太が言ってなければ本当に帰ってたと思う。

「ほら、そこ」と令太が右方の店を指す。「あぁ、やっぱ混んでるわ」

見れば、確かに行列ができてる。令太が言ってた通り、人気店なのだろう。十以上並べられた丸椅子に、今は六人が座ってる。先頭から順に、男女、男女、女女。出入口のわきにいた女の店員に令太が声をかける。そして何やら話し、わたしのところへ戻ってくる。

「この感じだと三十分ぐらいだって」

「え？」

「椅子が空いててよかったよ。さすがに立ちはきつい」

「予約、してないの？」

「してないよ。というか、できるのかな」

「できるでしょ」

「人気があるといってもうどん屋だから、できないのかと思ってた」

「ネットで見ればわかるじゃない」

「でも当日の予約は無理じゃないかな」

「訊くだけ訊けばいいでしょ」

「まあ、そうだけど」

こういうところだ、令太に足りないのは。人を誘っておいて、予約をしてない。しかも店の売りは味噌《みそ》煮込みうどん。作るのにも食べるのにも時間がかかる。お客がじゃんじゃん回転するというわけにはいかない。六人待ちでも三十分で入れるかどうか。女の店員も短めに言ったに決まってる。

「三十分、待つの？」

「待とうよ。もう名前言っちゃったし。三十分なんて、話をしてればすぐでしょ。ディズニーの時もそうだったじゃん。一時間待ちもすぐだったよね？」

それとこれとは話がちがう。ディズニーランドの時は、待つことを初めから知ってた。今のこれはちがう。わたしは待つことを知らされてない。

「ほら、待とう待とう。すぐだって」

令太は手をとって、わたしを丸椅子のところへ連れていく。そして座らせ、自身も右隣に座る。しばらくは手をとったままでいる。優しい彼氏、と自分で思ってるのだろう。でもわたしが思うのはこうだ。優しさが足りない彼氏。優しいが鈍い彼氏。

怒ったことを伝えるべく、手を離して自分の腿《もも》に置く。苛立つが、うどん屋の前で令太と喧嘩《けんか》をするわけにもいかない。別の何かで発散すべく、わたしは言う。

「ほんと、やめてほしいよ」

「え？」

「リュックを背負って電車に乗るとか、傘を前後に振って歩くとか」

「あぁ。さっきのあれ」

「今も、ほら」

わたしは目の前の通路を歩いていく三十代半ばの男を見る。スーツ姿。リュックは背負ってない。荷物は手提げ鞄。傘を通路の床と水平に持って歩いてる。振ってるつもりはないのだろうが、人間、歩く時には自然と手を振るから傘も振られる。

「ああいうの、危ないよね。前を歩かれるとイライラする」

「あれは、確かに」

「あんただけが歩いてるんじゃないっていうのよ。傘をただ縦に持てばいいだけの話じゃない」

「そこまで考えないんだろうね」

「そこまで考えないその鈍さがいや」

と、それはもうほとんど令太に言ってる。人を誘っておいて店の予約をしてないその鈍さがいやなのだと。

「今朝もいたのよ。パンパンのリュックを背負って通勤電車に乗ってる男。周りのみんなにいやな顔されてんの。何で乗る前に下ろして胸の前で持たないかなぁ。そんなの、マナーでしょ」

「まあ、パンパンならね」

「乗る時も降りる時も人にぶつかりながら歩いてくの。おれ様が通る、みたいに」

「そうは思ってないだろうけど」

「思ってるよ、お前らがよけろって」

「でもさっきの人は」

「さっきの人は、何？」

「あの人のリュックは、大きかったけど、パンパンではなかったよね」

「パンパンではなくても、周りに人がいる時は気をつけるべきじゃない」

「気をつけるべきではあるよ。それはそう。ただ、さっきので文句を言うのは、ちょっと無理があるんじゃないかな」

「何で？」

「電車じゃなく、エスカレーターだし。先に乗ってたのはあの人だよね」

「でもわたしの邪魔になってたじゃない」

「邪魔に、なってた？」

「なってたよ。顔の辺りに来たもん、リュックが」

「だったら、後から乗った真波がもう一段後ろに立てばよかったんじゃないの？」

「は？」

「あの人がリュックを背負ってるのは、見ればわかるんだし」

「一段は空けてたよ」

「だからもう一段空けるとかさ」

「そうしたら後ろの迷惑になるじゃない」

「後ろはおれだったよ」

「その後ろの人たちの迷惑にもなるでしょ？　そんなふうに一人が二段ずつ空けてたら」

「そういう理由があれば仕方ないよ」

「伝わるわけないよ、理由まで。何、二段も空けてんのよってわたしが思われて終わり」

「思われるぐらい、よくない？」

わたしはすぐ右隣、肩が触れるくらい近くにいる令太を見る。そしてこう尋ねる。

「わたしが悪いの？」

「いや、悪いとかじゃないよ。真波は何も悪くない。でもさっきのあの人も、悪いと言うほどのことはないよ。おれもリュックはよく使うけど、薄っぺらな状態の時まで前に持ち替える必要はないと思うんだよな。持ち替える時に肘《ひじ》が人にぶつかったりもするから」

「電車に乗る前に持ち替えればいいじゃない」

「ホームでも人にぶつかるよ。列の後ろに並んでる人とかに」

「それは、気をつけなよ」

「そもそも、邪魔にならないよう充分気をつけてる。たいていの人はそうだよ」

「そうじゃない人もいるよ。邪魔だと思ったことが何度もあるから言ってるの」

「それはリュックに限らない。満員電車ならどんな鞄だってそうなるよね。お互い様だよ」

「でもパンパンのリュックを背負ったまま歩いたら邪魔じゃない」

「前に持ってても後ろに背負ってても同じ。先に体が通るから、むしろ背負ってた方が邪魔にはならないはずなんだ。文句を言うなら、自分もそこまで考えなきゃ」

「文句なんか言ってない。あれは令太に愚痴《ぐち》っただけ」

「でもあの人にも聞こえるように言ってたよね」

「聞かれてもいいとは思った。わざと聞こえるようには言ってない」

「おれもさ、傘を振って歩くのはいやだよ。子どもの顔の高さに来たりして危ないから。あれと歩きたばこはほんとに駄目。でもリュックは別。一様に邪魔って言うのはおかしいよ」

「自分も使うから擁護《ようご》してるだけでしょ」

「そんなつもりはないよ」

令太はいつもこう。変なところに食いついて、説教じみたことを言ってくる。彼女の短所を直してやるのが彼氏の役目だ、なんて思ってるのかもしれない。うんざりする。彼氏なら、何が彼女をうんざりさせるか学んでほしい。

令太がこんなことを言いだした時の常として、わたしは黙る。黙ってスマホを取りだし、画面を見る。そして検索する。何を？　このうどん屋を。検索し、グルメサイトで確認する。

「ほら」と令太に言い、スマホの画面を向ける。「予約可って書いてあるよ。やっぱりできるじゃない。調べればすぐにわかるじゃない」

「それは、悪かったよ。ごめん。でも、真波が味噌煮込みうどんを食べたいって言うから」

「それもわたしのせい？」

「そんなこと言ってないよ。おれはただ、今日はがんばれば早く上がれそうだから声をかけただけ。今日の今日だから予約はできないだろうと思っただけ」

「わたしだって早く上がれるようがんばったよ」

普段は会社を定時には出られない。今日は出先から直帰《ちょっき》の予定だった。午後三時すぎに令太から、〈今日どう？〉とＬＩＮＥが来て、本当にがんばったのだ。訪ねた会社の人事担当者への説明をキュッとタイトにして。それでどうにか間に合った。いつもなら二十分は待たせるが、今日は令太を十分しか待たせなかった。店の予約時間に遅れるのはマズいと思ったのだ。つまり、令太が予約してるものと思いこんでたのだ。

それがまさかの三十分待ち。そしてさらにお説教。何なのだ。

令太は人材派遣会社の同期。今わたしがいる本社内でもトップクラスのイケメンと評されてる。でもマメではない。そうである必要がなかったのだと思う。マメでなくても声をかけてくる女はいたはずだから。

白馬に乗った王子は存在する。基準を下げれば結構いる。多くの王子が白馬からの降り方を知らなかったりする。降りる時に一々手を貸してやらなければいけなかったりする。

「真波ってさ」とそのBランク王子が言う。「人がやることは責めるよな。ちょっとしたミスでも、人がやれば責める」

「何それ」

「自分が待たされたら怒るけど、自分が待たせるのはいい。いつもそうだよ。自分が時間に遅れても、それは理由があるからしょうがないで済ませる」

「わたしだって、遅れたら謝るじゃない」

「ごめんごめんて言うのはただの挨拶だよ」

「ちゃんと謝ってほしいわけ？」

「そうじゃないよ。そんなのどうでもいい。真波は、すべてにおいてそうなんだよ。自分が満足できなければ人を責める。それと、さっきもそうだけど」

「何よ」

「舌打ちとか、やめた方がいいよ」

「してないよ、そんなの」

「いや。したよ、今も」

「してない」

さっきエスカレーターでは、した。あのリュックの男に対して。でも今はしてない。はずだ。

「ほんとにそう思ってるなら、無意識にしちゃってるんだよ。だったら、なおさら気をつけた方がいい。そういうのって、自分にされたのではなくても気分はよくないから。ネットの中傷と同じだよ。誰かにしてるのを見せられるだけで気分はよくない」

「舌打ちなんかしてないし、中傷だってしてないよ」

「中傷は例えだよ」

「なら言わないでよ。勝手に例えて、人に押しつけないでよ」

刺々《とげとげ》しさが声に出る。それが伝わったのか、隣の女がチラッとこちらを見る。連れの女も同じ。後で二人で言うのだろう。あの二人喧嘩してたね、とか、うどん食べる前に喧嘩する？　とか。言われる前に言ってやりたくなる。女同士でうどんを食べに来るあんたらに言われたくないよ、と。

丸椅子に座った時と同じように令太がわたしの腕をとる。そして今度は立ち上がる。

「行こう」

「どこによ」

令太は答えずに歩きだす。店の出入口から中を覗き、女の店員に声をかける。

「すいません。さっきお願いした玉井ですけど、今日はやっぱりやめときます」

「もうすぐご案内できますけど」

「でもやめときます。すいません」

令太はわたしの手を引いて通路を歩く。角を左に曲がり、少し進んで立ち止まる。和食店の壁沿い、通行人の邪魔にならない辺りだ。そこでようやく手を離し、向き直る。

「せっかく待ってたのに。時間の無駄じゃない」

「こんなんでうどんを食っても旨《うま》くないよ」

「令太のせいでしょ」

「別れよう」

「は？」

「もう無理だよ」

「何よ、いきなり」

「真波のことは好きだったけど、これ以上やってく自信はないよ」

好きだった。過去形。

「どういうこと？」

「どうって。言った通りの意味だよ」

「女？」

「え？」

「他に相手ができたとか、そういうこと？」

「ちがうよ。こんなふうになるからもう無理だってこと」

「やっぱりわたしのせいにするんだ」

「いや、だから、せいとかそういうことじゃないよ。おれら、合わなかったんだ」

「それ、二年付き合って言うこと？」

「二年付き合ったから言えることだよ」

令太の顔をじっと見る。令太もわたしを見てる。が、すぐに目を逸らす。床を見て、壁を見る。壁には和食店のメニューが書かれてる。釜めしとか、しゃぶしゃぶとか。

「初めからそれを言うつもりだったの？」

「ちがうよ。真波とうどんを食うつもりでいた。おれだって、うどんを食いながらこんな話はしない」

　こんな話。別れ話。

「なのに、こうなったわけ？」

「いずれなってたんだと思うよ。それが今日だっただけ」

「前から考えてたってこと？」

「はっきりとではないけど。考えてはいたのかな」

「リュックのことでこうなるなんてバカみたい」

「それはただのきっかけだよ。リュックがどうこうで別れるわけじゃない。おれだって、満員電車で人の邪魔になったことはあるだろうし」

「今さらそう言うんだ」

「言うよ。邪魔になっても仕方ない、とも思う。いつも気をつけてるのも確かだし。これからだって、誰かの邪魔にはなるよ。その代わりおれも、ちょっとのことで人に文句を言ったりはしない。お互い様だから」

「もういい。わかった。令太は気をつけてて、わたしは気をつけてないんでしょ？令太の中ではそうなんでしょ？」

「そんなこと言ってないよ」

「そうとしか聞こえないよ」

「真波がそうとしかとらないんだろ」

「わたしが我慢すればよかったんだよね。さっきの人のリュックに顔を掠められても、お互い様だから大丈夫ですって笑顔で言ってればよかったんだよね。そういう女が令太は好きなんだよね、自分が望むように動いてくれる女が」

それを聞いて、令太は本当にいやな顔をした。苦～い漢方薬を水なしで飲まされた時のような顔だ。

これまでに三度、男と別れてきた。一人めと二人めは怒った顔をした。三人めは悲しい顔をした。四人めがこれ。苦い顔。自分から別れを切りだしておきながらそんな顔をするとは。

わたし自身はたいてい無表情だった。あらかじめ用意した無表情だ。三度とも自分から切りだしたので、用意しておく余裕があった。気持ちが離れたことを示すためにも、それが一番効果的だった。

そして今も、たぶん、無表情になってる。無表情という表情をつくってる。あんたと別れるのは何でもない。それでわたしが傷《いた》んだりはしない。そのことをわからせなければいけない。王子でも、Bランクは Bランク。自惚《うぬぼ》れさせてはいけない。

「何でもいいよ。好きにして」とわたしは言う。「ただ、パンパンのリュックを背負ってわたしの周りを歩かないでね」

「歩かないよ」と令太は苦い顔のまま言う。「歩いたら、文句を言ってくれていい」

「言わないわよ。声なんてかけない。じゃあね」

令太を見送るようなことはしたくない。自分が先に歩きだす。方角がよくわからないまま通路を進む。そして現れた上りエスカレーターに乗る。左に寄って立ち止まる。

男が右側を歩いていく。わたしのコートの右袖を掠めていく。二十代前半。反射的に、チッと舌打ちする。今の感じなら、わたしの肘を掠めたことに気づいたはずだ。すいませんぐらいあってもいい。駅のならともかく、商業施設のエスカレーターを歩くなよ。バカ男。

一階でエスカレーターを降りる。いつものわたしなら、せっかくだからと上のファッションフロアを見てまわる。今日はそんな気にならない。一刻も早くこのビルから出たい。令太がいるこの建物にいたくない。出入口を探し、見つけたガラスドアを押し開けて外に出る。そこは一方通行の裏通り。まだ雨が降ってる。

鞄から折りたたみ傘を出す。棒の部分を伸ばし、バンドを外して開く。そして全体をふわっと広げたその瞬間、狭い通り特有のビル風が吹き、傘は後ろに引っぱられる。ボキッといやな音がして、二本の骨が継ぎ目のところで折れ曲がる。きゃっ！　と声が出てしまう。いや、ちょっとよく言った。きゃっ！　ではない。ぎゃっ！

だ。

突風にあおられてめくれ上がる傘。彼氏と別れた直後にそうなってる女。ボキッ。ぎゃっ！　こんな写真をインスタに上げられたらたまらない。フラれてみじめな女。そんな#を付けられてはたまらない。一人で風にあおられ、一人で悲鳴を上げてる女。無様だ。

「何なのよ！」

そう叫び、わたしは開いたままの傘を目の前の白いガードレールに叩きつける。布の部分が当たるブニャッという音と骨の部分が当たるカツッという音が交ざって聞こえる。傘は反動でわたしの手を離れ、歩道に落ちる。そして転がり、止まる。開いたまま路上に落ちてる傘。侘《わび》しい眺めだ。わたしはその傘を拾う。めくれた部分の骨が変な方向に曲がってる。めくれを戻してみるも、元通りにはならない。壊れたらしい。

傘を差さずに歩きだす。なるべく濡れまいと壁寄りを行く。物に当たるのはよくない。でも人に当たるよりはましだろう。そんなことを考えながら、傘をたたむ。これ以上は壊さないよう、どうにかこうにか折りたたむ。

そうしてる内に、田村洋造《たむらようぞう》さんのことを思いだす。田村さん。パパだ。といっても、本物のパパ＝父親ではない。大学生の時にやってたパパ活の相手。

この傘はその田村さんがくれたのだ。じき梅雨だから持ってなよ。と。色は黒で、デザインもシンプル。ブランド物で質もいい。軽いのに丈夫。今こうなるまでは一度も壊れてない。田村さんにもらったからというわけでもないが、長く使ってきた。気に入ってたのだ。

もらった時は、ちょっと地味かな、と思った。でも使ってる内になじんできた。色がピンクだったりデザインが派手だったりしたら、ここまで使いはしなかっただろう。その手の物は、時間が経てば古臭くなってしまうから。

田村さんとはパパ活のサイトで知り合った。わたしが二十歳の時だからもう八年も前になる。

パパ活はアルバイト気分で始めた。食事やショッピングをともにするのみ。売りはなし。だから気軽にやれた。実際にいるのだ。それで充分という男が。余裕のある自分を楽しみたいという男が。

例えば大手鉄鋼会社の本社に勤めてた兼松通郎《かねまつみちろう》さん。四十代前半だったが、すでに部長さんで、外車を三台持ってた。そもそもがお金持ちなのだ。お金持ちというか、土地持ち。そんな人は本当にいる。思った以上に多くいる。

兼松さんみたいな人に巡《めぐ》り合えれば悪くない。でもそう簡単にはいかない。わたしも兼松さんとは二度会えただけ。三度めの声はかからなかった。向こうはお金を払うのだから選別は厳しい。会った全員と上手くいくことはない。続くのは、せいぜい十人に一人。一度しか会わない相手の方がずっと多い。体の関係はなしが前提でも、相手は男。そこへ持ちこもうとする人もいる。そんな人には、そうなった時点で見切りをつける。

わたしの場合は一人としか続かなかった。それが田村さんだ。

田村さんは大手印刷会社に勤めてた。当時はそこの課長さん。話し上手で聞き上手。本当にスマートな人だった。その田村さんからもらった傘を、壊してしまった。わたしが暴走してしまった。後悔する。そこへ二月の雨。寒い。それは令太のせいだ。わたしだってうどんモードになってたのに。寒い夜の味噌煮込みうどんをかなり楽しみにしてたのに。

雨は小降りになり、わたしはようやく地下鉄の出入口にたどり着く。そしてふと気づく。この駅の通路にはリペアショップがあったはずだ。そこでは合カギの作製だけでなく、靴や傘の修理もやってたはずだ。直そう、と思う。さすがにこの傘を捨てる気にはならない。壊れたままにしておく気にもならない。階段を下り、そこへ向かう。確かにリペアショップがある。こんな場所でよく見かける箱型の小さな店だ。

よかった。まだやってる。三十代後半ぐらいの男の店員が中で仕事をしてる。お客が一人、外の椅子に座ってる。わたしより少し下、二十代前半ぐらいの女だ。靴を直してるのか、スリッパを履いてる。カウンターに寄っていき、声をかける。

「あの」

「はい」と店員が顔を上げて言い、作業を中断してわたしの前に来る。

「傘直してほしいんですけど」

田村さんの傘をカウンターに置く。まだ濡れてるが仕方ない。

「えーと、折りたたみは、お直しできないこともあるんですよ。ちょっと見てからでないと何とも」

「じゃ、見てください。すぐ直してください。時間がないんで」

時間がないことはない。でもたっぷりあるとも言えない。お腹が空いてるのだ。味噌煮込みうどんを食べられなかったから。早く何か食べて、とりあえず落ちつきたい。落ちついて、色々考えたい。令太のことや今後のことを。

店員がそこで意外なことを言う。

「すいません。今日はもう閉店時間を過ぎてしまいまして」

「やってるじゃないですか、今」

店員は椅子に座る女の客を見る。

「そちらが最後のお客様でして」

わたしも女の客を見る。すぐに店員に目を戻し、尋ねる。

「この人はよくてわたしは駄目なんですか？」

「いえ。こちらは閉店前にお越しいただいたので」

その言葉にカチンと来る。

「閉店したのに何で店を開けてるんですか？　これじゃ、やってると思っちゃいますよ。閉めたって言うならちゃんと閉めてくださいよ。シャッターを下ろして中で修理すればいいじゃないですか」

こちらは雨の中、わざわざ来たのだ。といっても通り道だが、それでもわざわざ寄ったのだ。お客になり、お金を払うべくして。そのお客を、断る？

「紛らわしいことしないでくださいよ。開いてると思ったから声かけたのに」

すいません、が来ると予想した。が、この店員はその一言を言わない。

「こちらの修理を終えてからお預かりすることはできますよ」

「だから預かるんじゃなくて今ここで直してほしいんですよ」

リペアショップで傘を直す。そんなの難しいことでも何でもない。それこそがこの店の仕事だろう。人材派遣会社は人材を派遣する。リペアショップは傘を直す。

「それは難しいかと」

「何でですか」

「折りたたみ傘の場合、部品と言いますか、材料が少ないので、修理ができないこともあるんですよ。できたとしてもお時間がかかります。よその店舗か工場に送らなければいけなくなることもありますし」

「傘の修理もやってるっていうから来たんですけど」

それについてはうろ覚え。靴だけでなく、確か傘も直してる。その程度の認識しかなかった。でも実際に直してはいるわけだ。だったら。

「すいません」とそこで初めて店員が言う。

やっとわたしの怒りが伝わったらしい。リペアショップでも、ショップとつくからには客商売。あまりにも鈍すぎる。こんな人材を派遣したら、苦情が来てしまう。

「できないならやってるって言わなきゃいいのに」

「できる物も、ありますので」

その言葉にもやはりカチンと来る。こらえて言う。

「ここでずっと待ってれば直してくれるんですか？」

「それは見てからでないと」

「じゃ、すぐ見てくださいよ」

「ですので、こちらを終えたらすぐにということで」

「見るだけじゃないですか」

「それでも、ちょっとお時間はかかりますので」

「もういいです。わかりました。よそに頼みます。お客を差別しないところに」

わたしは傘を手に歩きだす。傘を直しますとうたい、直さない店。こんなところは願い下げだ。椅子に座る女の客をチラッと見る。向こうもこちらを見てるが、それとなく目を伏せる。後で何か言うんだろうな、と思う。SNSに書きこんだりするかもしれない。店でキレる客を見た、とか、断られていい気味、とか。

地下鉄に乗ろうか迷った末に階段を上り、外に出る。このまま家に帰り、レンジで温めたピラフを食べる。そんな気にはならない。令太に誘われた後で、今日の夕飯はいらないと母親に連絡しておいたのだ。しないとうるさいから。

まだ小雨は降ってる。近くのビルの軒先、庇《ひさし》の下で考える。令太のことをでなく、傘のことをでもなく、田村さんのことを。

田村さんは優しかったな、とあらためて思う。わたしよりちょうど二回り、二十四歳上。今は五十二歳のはずだ。知り合ったころは四十四歳。当時二十歳のわたしから見ればおじさんだったが、八年経った二十八歳のわたしから見れば、四十四歳はもうそれほどおじさんでもない。五十二歳はどうだろう。さすがにおじさんなのか。

それをやったら駄目。なしだ。でも止められない。令太のことに傘のことが重なり、自分を抑えられない。もう二十八歳だからこそ勢いが必要なのだ、と理屈をつけ、わたしはその勢いに乗る。スマホの画面に、田村洋造、を表示させ、電話をかける。

　呼び出し音が鳴る。聞きながら、留守電に切り換わったらあきらめよう、メッセージは残さずに切ろう、と決める。四度のコールで電話はつながる。

「もしもし」

「もしもし。田村さんですか？」

「うん。春日《かすが》さん？」

「はい。お久しぶりです」

「そうだね。何年ぶり？」

「六年ぶり、ですね。わたしが大学を卒業する時以来だから」

「もうそんなになるか」

「すいません、突然」

「いや、うれしいよ。画面に春日真波さんと出て驚いた」

「残してくれてたんですね、わたしの番号」

「そりゃ残しておくよ。どうしたの？」

「どうしたということもないんですけど。色々あって。田村さんのことを思いだして。それで電話をかけちゃいました」

「そうか。本当にうれしいよ。就職したんだよね？　えーと、人材派遣会社」

「はい」

「辞めたりは、してないよね？」

「はい。大丈夫です。続いてます」

「よかった」

「田村さん、あの」

「ん？」

「お会いできませんか？　会ってお話できませんか？」

「いいよ。いつ？」と田村さんはあっさり言ってくれる。

「今からは、さすがに無理ですよね？」

「今からか」

「無理ならいいです。すいません」

「いや、大丈夫。春日さんは今どこ？」

「銀座《ぎんざ》です」

「じゃあ、行くよ、銀座まで」

「まだ会社ですか？」

「いや、もう家。でも銀座なら二十分で行けるから」

「いいんですか？　雨なのに」

「うん。明日は休みだし。家に着いたばかりで、まだご飯も食べてない。春日さんは？　もう夕飯は済ませた？」

「いえ、まだです」

「じゃ、一緒に食べよう。何がいい？」

恥ずかしながら、即答する。

「味噌煮込みうどん」

「おぉ。具体的だね」と田村さんが笑う。「味噌煮込みうどん。いいね。寒いし、僕も食べたい。今八時すぎだから、えーと、八時半は厳しいな。八時四十五分でいい？」

「九時でいいですよ」

「じゃあ、九時にしよう。前みたいに、山野《やまの》楽器の前でいい？」

「いいです」

「じゃ、そこに九時ね」

「はい。すいません。久しぶりなのに、いきなり呼び出しちゃって」

「いいよ。僕も助かる。一人での夕飯は寂しいからね。じゃあ」

電話を切る。チェーン店のカフェでカフェオレを一杯飲んで山野楽器銀座本店へ。

そんな流れが見えた。午後九時ならもう店は閉まってるはずだが、待ち合わせ場所としては使える。

以前もそうしてたのだ。初めは四丁目交差点、和光《わこう》の前で待ち合わせをした。でもそこは混み合うので、少し位置をずらして山野楽器銀座本店の前にした。ちょうどよかった。田村さんも言ってた。上でCDを見て、時間になったら下りてくればいいから楽だよ。

田村さんはクラシックが好きなのだ。大編成のオーケストラによる交響曲なんかではなく、ピアノ曲。独奏。CD五枚組のドビュッシーピアノ作品全集をわたしにくれたこともある。好きじゃなかったら売っちゃってもいいから。そんなことを言って、くれたのだ。今も手もとにある。売ってない。

正直、頻繁《ひんぱん》には聴かない。でもたまに聴けば、いいな、と思う。有名な『月《つき》の光《ひかり》』はかなり好き。さわさわと静かに揺すられる感じがいい。曲を聴いて田村さんを思いだしたりもする。でもまさか。また会うことになるとは。

「武蔵《むさし》。あんた、いい名前だってよ」とわたしは先を行く武蔵に言う。

武蔵は答えない。尻尾《しっぽ》を振りながらハァハァ言うだけ。でも名前を呼ばれたことはわかるのか、一度こちらを見る。で、すぐに前を向く。

武蔵はごく普通の柴犬《しばいぬ》。に見えるが、厳密には雑種。柴と何の雑種かは不明。五年ほど前に父が知り合いからもらってきた。飼犬に子どもが生まれたからもらってくれと頼まれたらしい。頼んだのが会社の取引先の人であったことは、後で母から聞いた。

だから断りきれなかったみたいよ、と母は言ってた。いくら取引先相手でも犬は断れるだろう、とわたしは思ったが、父は断らなかった。自身、飼いたかったようなのだ。

昔、小学生だったころに犬を飼いたいと父に言ったことがある。ゴールデンレトリーバーを飼いだした近所の友だちに影響されたのだ。

駄目。それが父の返事だった。どうせ真波はきちんと世話をしない、というのが理由だ。するもん、と言ったが、実際に飼ってたらしなかったと思う。犬の散歩は毎日のこと。大変なのだ。特に武蔵の場合、雨の日や雪の日にやたらと散歩に出たがる。

そんな父が、五十を過ぎて、犬を飼う気になった。散歩は自身や母の健康にもいいと考えたのだ。その上、取引先に恩も売れる。ということで、本当に子犬をもらってきた。そして武蔵と名づけた。武道をやってたわけではないし、宮本《みやもと》武蔵が好きだったわけでもないのにだ。ただ、子どもが男なら武蔵と名づけるつもりではいたという。

わたしはもう犬に興味はなかった。むしろめんどくさいと思った。散歩を押しつけられたりしないだろうな、と。今は進んでやってる。武蔵が好きだからでも散歩が好きだからでもない。休日に武蔵の散歩をすることを条件に、家に入れるお金を二万円にしてもらってるからだ。

武蔵は今五歳。人間で言うと三十前。わたしと同じ。今後は武蔵がほぼ五倍速で年長になっていくが、今はちょうど並んだ状態。同い歳のオス。令太みたいなものだ。その歳のオスは皆同じなのか、武蔵にも勝手なところがある。まず、こうして散歩をしてやってる飼主のわたしを噛《か》む。父と母のことは噛まないのに噛む。自分が春日家の三番手で、わたしを最下位の四番手だと思ってるのだ。散歩に連れていく回数が少ないから。

武蔵をいい名前だと言ったのは、田村さんだ。

一昨日の夜、久しぶりに会って話をした。田村さんが課長から部長になったことを聞いた。六年ぶりなので、話すことはいくらでもあった。武蔵のこともその一つ。六年前、武蔵はまだウチにいなかった。だから武蔵のことを田村さんに話すのは初めてだった。いつもは人に飼犬の名が武蔵だと明かすのは恥ずかしいのだが、田村さん相手だとそんなことはなかった。

武蔵はいいね、と田村さんは笑った。犬なら龍馬《りょうま》より武蔵だよ。

そしてかつては田村家でも犬を飼ってたことを話してくれた。マンション住まいだったので室内犬。マルチーズ。奥さんが飼いたがったという。名前はマルタ。ひらがなのまるたや漢字の丸太ではなく、カタカナのマルタ。そもそもマルチーズが地中海のマルタ島原産なのだという。マルタはおとなしくて人なつっこくて従順。とても飼いやすかったそうだ。

今はもう亡くなってる。死に目には会えなかった。その時はもう奥さんと離婚してたからだ。田村さんもかわいがってはいたが、マルタは当然のように奥さんに引きとられた。マルタだけでなく、息子さんも奥さんに引きとられた。

マルタの話は初耳だが、離婚したことや息子さんがいることは聞いてた。田村さんは、家庭を持った上でわたしと会ってたわけではないのだ。それもわたしが田村さんを評価した点の一つ。だからこそのめり込まれる可能性もあるのでは？　と考えないでもなかったが、田村さんと何度も会う内にその懸念は消えた。

田村さんはタクシーで銀座に来た。自分で調べもしたが、車中で運転手さんに銀座でおいしい味噌煮込みうどんが食べられる店はあるか尋ねたという。専門店ではありませんが、と前置した上で、運転手さんは一軒紹介してくれた。

平日は夜遅くまでやってるというので、山野楽器銀座本店前で待ち合わせをした後、歩いてその店に行った。傘がないと言うと、田村さんは相合傘をしてくれた。男性ものの大きな傘なので、二人でもほとんど濡れなかった。初め田村さんはその傘を貸してくれようとしたのだが、一緒に、とわたしが言った。

田村さんは店の予約までしてくれてた。時間が九時と遅めだったこともあり、すんなり受けてもらえたという。令太に電話をして、ほら、当日でも予約できるじゃない、と言ってやりたくなった。昔からそう。田村さんはいつも無駄なく動いてくれた。

やっとありつけた味噌煮込みうどんは本当においしかった。特製の赤味噌。濃いのにクドくない。濃くないのにクドい令太とは好対照。うどんに限らず、これまで食べた物すべてのなかでベストスリーに入るレベルのおいしさだった。

田村さんと二人、うどんを食べてビールを飲んだ。熱い煮込みうどんに冷たいビールがよく合った。カロリーのことは考えなかった。明日は武蔵の散歩をするからいい、と思い、田村さんにもそう言った。その時に明かしたのだ、武蔵の名前を。

急なお願いを聞いてわざわざ出てきてくれた田村さんにはすべてを話した。同期の令太と付き合ってたがまさについさっき別れたこと。田村さんにもらった傘をずっと使ってたが愚《おろ》かにも自分で壊してしまったこと。そして、リペアショップの店員に冷たくあしらわれたこと。

わたしが傘を使ってたことを、田村さんはとても喜んでくれた。うれしいな。正直に言うと、その傘のことは忘れてたよ。でも言われて思いだした。あげたのは八年前だよね。僕自身、一つの傘をそんなに長く使ったことはないよ。

食事代は、予想通り、田村さんが払ってくれた。わたしが誘ったんだからせめて自分の分は払いますよ、とわたしは言った。本当にそうするつもりだった。でもこれまた予想通り、田村さんはわたしに一円も出させなかった。それどころか、帰りのタクシー代までくれた。午後十時を過ぎてたのですでに深夜料金。ということで、二万円。

電車で帰ってお金を浮かそうか、と思った。が、酔ってたので億劫《おっくう》になり、そのまま家まで行った。それでも七千円ぐらいは残った。余ったら返してね、とは、もちろん、言われてない。

実は二軒めに誘ってくれることも期待した。自分から言いだすことも考えた。でも田村さんが、いやなことがあった日は無理をしないでゆっくり休めばいいよ、と言ってくれたので、とどまった。別れ際にわたしは言った。傘はよその店で必ず直します。田村さんはこう返した。じゃあ、その修理代は僕が出すよ。

と、一昨日の夜のことを思いだしながら歩いてたら、通行人に声をかけられた。すれちがった直後にだ。

「おい」

自分が言われたことに気づかなかった。すぐにもう少し大きな声で次が来た。

「おい！」

振り向くと。ヨレヨレのコートにチノパンという服装の冴《さ》えない中年男がいた。立ち止まり、こちらを見てる。だからわたしも立ち止まった。返事まではせず、はい？という感じに。

「何か言えよ」

「はい？」とそこで言う。

「歯が当たったんだよ」

意味がわからない。気味が悪い。が、男が武蔵を見たことで、気づく。武蔵の歯が当たったのだと。

田村さんのことを考えてたため、ちょっとよそ見をしてた。とはいえ、散歩中。武蔵のリードを離したりはしてない。で、武蔵は犬。常にまっすぐ歩くわけではない。植込みがあれば何か落ちてないかとそちらへ寄っていくし、電柱があればマーキングをすべくやはりそちらへ寄っていく。見た感じ、男のチノパンに被害はない。穴が開いたり歯の痕《あと》が残ったりはしてない。その前に。犬に噛まれたら、人はその瞬間に声を上げるだろう。後で、おい！　ではなく。

わたしは確信を持って言う。

「傷なんてないですよね」

「なくても、歯は当たったんだよ。噛もうとしたんだよ」

「噛んではいないってことですよね」

「飼主なんだから気をつけろよ。野放しにすんなよ」

「ちゃんとつないでるじゃないですか」

「ずっと見てろよ。もっと引っぱるとかしろよ」

「歩道が狭いんだから、すれちがう時に体を掠めることぐらいありますよ。そんなのお互い様じゃないですか。見えてるんだから、そちらも注意すればいいじゃないですか」

　お互い様。使いたくない言葉だが、使った。便利な言葉だ。リュックが邪魔になってもお互い様。飼犬が人を噛んでもお互い様。

　上手い具合に武蔵が前に進むので、わたしも引っぱられるように進む。追いかけられたらいやだなと思うが、男もそこまではしない。角を右に曲がってさらに少し歩いたところで振り向く。男の姿はない。安心した。そして、うんざりした。

　まあ、男があぁ言うからには、歯は当たったのだろう。気分屋武蔵が得意の気まぐれを起こしたのだろう。ウチの犬は絶対に人なんて噛みませんよ、とはわたしも言わない。だって、噛むから。でもあの男は明らかに人を見た。わたしが女だから文句を言ってきたのだ。言いやすい相手だと見て。言えば簡単に謝るだろうと踏んで。つまらない男だと思う。歳は、たぶん、田村さんに近い。なのに偉いちがいだ。田村さんなら、歯が当たったくらいでは何も言わないだろう。言うにしても、もっとやんわり言うだろう。いきなり、おい！　とは言わない。たまにすっとぼけた男らしさを見せる令太なら言うかもしれないが、田村さんは言わない。

穏《おだ》やかに過ごせるはずの休日にこれ。令太の件と傘の件でのマイナスを田村さんと味噌煮込みうどんのプラスでゼロに近いところまで戻したのにこれ。人生に面倒は多い。ただ生きてるだけでも、どこからともなく忍び寄ってくる。

そして面倒は連鎖する。続く。

休み明けの月曜日と火曜日は何もなかったが、週ナカの水曜日。令太と別れてまだ五日しか経ってない日。会社で後輩の溝渕雅《みぞぶちみやび》にもうこんなことを言われた。

「春日さん、玉井さんと別れたんですか？」

社食でも休憩室でも給湯場でもない。ただの通路。歩いてたら背後から声をかけられた。そして先輩なのにこっちこっちと手招きされ、隅《すみ》に連れていかれた。で、そう言われたのだ。控えめにではありながら、ストレートに。

別れたとも別れてないとも言わず、わたしは質問返しをした。

「誰に聞いたの？」

「それは」雅はわざとらしく言い淀《よど》んでから続ける。「ご本人からも聞きましたよ」

「令太？」

「はい。玉井さん」

「へぇ」とそこは努めて冷静に言う。「溝渕、令太とそんなに仲いいの？」

よくないですよぉ、といつもの甘ったるい口調で来るかと思ったが、ちがった。

「まだそこまでは」とこちらも案外冷静に来る。「だから確認しておきたかったんですよ」

「確認」

「はい」

「って、何？」

そして雅も質問返しをしてくる。一気に三つ。

「春日さん、本当に玉井さんとは別れたんですよね？　わたしがお付き合いしても大丈夫ですよね？　問題ないですよね？」

わたしが呆気《あっけ》にとられてると、雅はさらに言う。

「おかしなことにはなりたくないんで、ちゃんと確認しておこうと思ったんですよ。春日さん自身にも」

春日さん自身にも。令太自身には確認済み、と言いたいのだろう。

「いいですよね？　わたしが玉井さんとお付き合いしても大丈夫ですよね？」

「いいんじゃない？」とわたしは言う。カッコいいようでカッコ悪いサバサバ女子みたいに。

「何、溝渕、令太みたいなのがいいんだ？」

「よくないですか？」

「わたしに訊かないでよ」

「玉井さん、カッコいいし。性格もいいし」

カッコいい、はいいにしても。性格、いい？

「もったいない。何で別れちゃったんですか？」

「さあ。令太に訊いてよ」

「玉井さん、そこまでは教えてくれないんですよ」

訊いたのかよ。

「でもさすがだと思いました。そういうのをベラベラしゃべっちゃう男は駄目ですもんね」

リュックにケチをつけない方がいいよ、と言ってやろうかと思う。店は予約させた方がいいよ、とも言ってやろうかと思う。言わない。そういうのをベラベラしゃべっちゃう女は駄目だから。

「じゃあ、がんばって」と言い残し、わたしはその場から去る。忙しくてそれどころじゃない、という感じに。

歩きながら考える。先輩のわたしに気を使ってるように見せて、不躾《ぶしつけ》。ものすごく遠回しなマウンティング。でも令太ならそういうのを長所と捉えてしまうのだろう。所詮《しょせん》単純なんだから、リュックのマナーについても単純に捉えてくれればよかったのに。

雅があぁ言ってきたということは、勝算がある話なのだろう。雅が令太と付き合うというのはほぼ本決まりの話なのだろう。この五日間で急に関係が進展したとは思えない。令太が二股をかけてたとは言わないが、雅を憎からず思ってたのは確かだろう。うどん屋の前でわたしとリュックがどうこう言ってたあの時も、頭の隅には雅がいたのだ。ご本人からも聞きましたよ、と雅は言った。からも。令太以外の誰かにも聞いたということだ。先にそちらから聞き、令太本人にも聞いた。雅ふうに言えば、確認した。そういうことだと思う。

わたしが令太と別れたことを雅に話したのは、たぶん、副島衣沙《そえじまいさ》。自分の席に戻る前に、わたしは同じ課の衣沙のところに寄る。

衣沙はデスクのパソコンに向かってた。画面にはカレンダーが表示されてる。

「衣沙」

そう声をかけると、振り向いて言う。

「真波」

そしてすぐにパソコンを閉じて立ち上がる。

二人で部屋の外にある給湯場へ。着くまでの間にササッと説明した。雅にこんなことを言われたのだと。

「ほんとに？　手ぇ早っ！」と衣沙は言う。「って、これ、玉井っちのことじゃなく、ミゾブっちゃんのことね」

「いいよ、どっちでも」そう返し、こう続ける。「衣沙。溝渕に言った？」

「まさか。わたしそんなこと言わないよ。と言いたいとこだけど。ごめん。訊かれたから言っちゃった」

「訊かれたの？」

「うん。朝、たまたま下で玉井っちに会ってそのことを聞いた時、ミゾブっちゃんも近くにいたの。自慢のアンテナで感知したらしくて、後で訊かれた。玉井さん、春日さんと別れたんですか？　って。ちがうとも言えないから、何かそうみたいよって言った。マズかった？」

「マズくはないけど」

「だよね。マズくはないよね」と衣沙はわたしの言葉に乗っかる。「いつまでも隠しておけないもん。付き合ってることを隠すならともかく、別れたのを隠すのも変だし。実際に別れたなら、早く言っちゃった方がいいよ。めんどくさいじゃん。勘繰《かんぐ》られたり気を使われたりするの」

それは別れた本人が言うことだと思うが、そうは言わない。衣沙はいつもこの調子なのだ。作りこんでない、ナチュラルなサバサバ。だからこんなこともズバッと訊いてくる。

「何で別れちゃったの？　玉井っちと」

「まあ、色々あって。令太は何て言ってた？」

「はっきりこうとは言ってなかったけど。価値観の相違がどうとかって」

大ざっぱにまとめればそうなってしまうのだろう。リュックがどうこうで価値観の相違。バカみたいだ。

「でもさ」と衣沙は言う。「人が二人いて価値観がぴったり合うなんてこと、ないじゃない。大事な部分が二つ三つ合ってればそれでいいんじゃないの？」

「衣沙のとこもそう？」

「そうだよ。二つ三つもないかもしれない」

「じゃあ、一つ？」

「一つ、あるかなぁ。一緒に楽しく暮らしたいっていう気持ちはあるけど、それがその一つかって言うと微妙だし」

だとしても。衣沙が今楽しく暮らしてることはまちがいない。少なくとも、楽しく暮らせる環境を手に入れてはいる。

「そうそう。それでわたしもお願いがあるの。ちょうど真波のとこに行こうと思ってたのよね。そしたら来てくれた。別れたことを玉井っちに聞いてたから、ちょっと言いづらいなとも思ってたんだけど」

「何？」

「ダンナとさ、沖縄に行こうって話になっちゃったのよ」

「この時期に？」

「そう。逆にこの時期って、わたしもダンナも行ったことないの。だから行ってみようってことになっちゃって。料金も安いし」

安さは関係ないと思う。この衣沙には。そして。なっちゃったんじゃなく、衣沙が行きたいと言いだしたのだと思う。

「でさ、三月四日の月曜、真波、有休とってるじゃん。特に予定があるわけじゃないって言ってたよね。それ、譲《ゆず》ってくんない？　ダンナはそこしか休めないらしいのよ。その前も後も無理なんだって」

「そうなんだ」

「そうなの。お願い。真波は玉井っちと別れちゃったんだから、予定、ないでしょ？」

「なくはないよ」

なくはない。武蔵の散歩ぐらいはする。

「今ならまだ予約がとれるの。ダンナが待機中。わたしからの連絡を待ってる。連絡が来次第、予約。だからお願い。わたしたちを沖縄に行かせて」

「何よそれ」とつい笑う。苦笑だ。

「もし真波にも同じことがあったら、わたしも有休を譲るから」

「しばらくは旅行になんか出ないよ」

「もし出たら。その時はほんとに譲るから」

「でもそこで今度は衣沙たちがハワイに行くとかなっちゃうんじゃないの？」

「そうなったらごめん。でもならなければ譲るから」

仕方ない。言う。

「まあ、いいよ」

「ほんと？　譲ってくれる？」

「うん」

有休は月曜。平日に武蔵の散歩に出るのも侘しい。予定がない有休日に柴犬ふうの雑種と散歩に出る女。そして歯が当たったと冴えない中年男に因縁《いんねん》をふっかけられる女。侘しい。

「よかった。ありがとう。ではさっそく」

衣沙はスマホを取りだして、ちゃちゃっと素早く操作する。そして笑顔で言う。

「四日オーケー。真波に感謝、ともちゃんと書いといたよ」

「いいよ、別に」

衣沙は同期。今は部どころか課まで同じ。だから同じ日に有休をとらないよう配慮する。

結婚したのは一年前。相手は二歳上の市原数之《いちはらかずゆき》さん。広告代理店の社員だ。しかも大手も大手。どうやってそんなの捕まえたのよ、と言いたくもなるが、どうやって捕まえたかは知ってる。わたしもその場にいたから。つまり、二人は合コンで知り合ったのだ。わたしも参加した合コンで。

企画したのは衣沙の友だちだった。社外の友だちだ。その友だちが衣沙に声をかけ、衣沙がわたしに声をかけた。男側に代理店の社員がいることは知ってた。だから女側は色めき立ってたのだ。衣沙の友だちなんかはもう気合入りまくりで、キャバ嬢ばりのマツエクをキメてきた。

正直に言えば、市原さんのことはわたしも狙ってた。高収入でイケメン。もう一人いた代理店の男のようなチャラつきもない。駄目元で、積極的にアプローチした。意外にも手応えがあった。ように感じた。が、市原さんが選んだのは衣沙だった。そんなに積極的ではないように見えた、というか見せた衣沙。その戦略が当たったのだと思う。衣沙の友だちやわたしは、ガツガツいきすぎたのだ。二次会に向かう途中、皆の前で、副島さんはあり寄りのありだわ、と市原さん本人に言われてはどうしようもなかった。そこで見事に玉砕《ぎょくさい》した。二次会ではガツガツをやめた。もう無理だと思い、電車の時間だからと、途中で店を抜け出した。

衣沙はそのまま市原さんと付き合った。そして結婚にまでこぎ着けた。

市原さんは本物の黄金だった。父親は大手化粧品会社の社長で、自宅は白金台《しろかねだい》の一戸建て。合コンに来たのは、彼女を探すためではなく、単に皆で楽しくやるのが好きだから。慶應《けいおう》出でお金持ちなのにまったく驕《おご》り高ぶらない、理想的に気さくな人。まさに特Aランクの白馬の王子だったのだ。白馬からの降り方もきちんと知ってる王子。自分で降りられる王子。

二人の披露宴は赤坂《あかさか》のホテルで行われた。社長の息子だが、派手な演出はなし。しっとりと落ちついたいい披露宴だった。衣沙の友人として、わたしもスピーチした。出会いの場に自分もいたことを話した。さすがに合コンとは言わず、出会いの場と言った。そうしてくれと衣沙に頼まれたのだ。

衣沙は今、せっかく手に入れた黄金姓の市原を名乗らず、旧姓副島のまま働いてる。子どもが生まれたら社内の保育所を利用するとも言ってる。わたしたちが今いる本社にはそれがあるのだ。女性が働きやすい環境、を売りにしてるから。

衣沙は本当に上手くやった。その結果として、今は市原さんと二人で勝《かち》どきの分譲マンションに住んでる。築地《つきじ》から勝鬨橋《かちどきばし》を渡ったところ。中央区《ちゅうおう》。銀座まで歩いていける。現に市原さんは新橋《しんばし》の会社まで毎日歩いてるそうだ。

新居のそのマンションで、夫婦はトイプードルを飼ってる。毛の色は茶、名前はショコラ。衣沙は写真をインスタに上げてる。食べちゃいたくなるほどかわいい、というバカキャプションも付けてる。衣沙が実際に食べちゃったのは市原さんだけどね、とのコメントを送りつけたくなる。

一方、わたしは千葉の実家、小さな建売住宅に住んでる。その狭い庭で無理やり柴犬ふうの雑種を飼ってる。名前は武蔵。食べちゃいたくはならない。そして父親は某中小企業の係長。中小と言っても小の側。係長と言っても部下は一人。雲泥《うんでい》の差だ。

「玉井っちとはもう完全に終わりなの？」と衣沙がわたしに尋ねる。

「そうかな」と答える。

「かな？」

「いや。そう」

「未練があるとか？」

「ないよ。それはない」

ない。不思議とない。わたし自身、もうちょっとあるだろうと思ってた。結局はそれも衣沙のせいだ。衣沙が市原さんをものにしたことを知ってしまってるせい。

令太も、この会社ではトップクラス。上の代にも下の代にも狙ってる女はたくさんいた。別れた五日後に雅があんなことを言ってくるのだから、それはまちがいない。わたしも、令太と付き合えたことをもっと喜べるはずだった。でも市原さんに出てこられたら敵《かな》わない。令太では勝負にならないのだ。

「だったらさ」と衣沙が言う。「玉井っちはミゾブっちゃんにあげちゃいなよ。その方が真波もすっきりするでしょ」

未練はない。でもすっきりはしない。雅なんかがしゃしゃり出てきたことで、もやもやする。理屈ではないのだ、こういうことは。

「まっすぐなのは真波のいいとこだけど、たまには息抜きもしなよ」

「息抜きって？」

「気軽に誰かと遊んでみるとか」

そう言われ、田村さんの顔がぽんと頭に浮かぶ。

「あ、今誰か思い浮かべたでしょ」と衣沙は鋭い。「別れたんだから、玉井っちに気兼ねする必要もない。自由にやんなよ。早く吹っきりな」

「吹っきってないことはないよ」

「ならそうは言わないよ。吹っきってないことはないよ、じゃなく、吹っきってるよって言う」

そんなことを言い、衣沙は幼稚園の先生みたいににっこり笑う。決して美人ではない。わたしの方が上。だと思う。でもこれは認めるしかない。その笑顔には確かに魅力がある。笑顔がいいのは強いのだ。たいていの男はそれにやられる。泣き顔よりも笑顔。真顔よりも笑顔。

「真波の彼氏だから言わなかったけど、実は前から思ってた。玉井っちはいずれ浮気するタイプだよ。わたしの元彼と似てるからわかる」次いで衣沙は言う。「あ、連絡来た」そしてスマホの画面を見る。「予約完了。真波さんにお礼を言っといてって。だから言うね。ほんと、ありがと。真波」

そのお礼はそんなにうれしくない。だって、そうだ。今ごろわたしが勝どきのマンションに住んでた可能性もあったのだ。それが、言葉だけのお礼。わたし自身は何も得られてない。マンションもトイプードルもなし。有休さえ奪われてる。そんな思いを隠して、わたしは言う。

「いいよ。楽しんできてよ。おみやげにちんすこう、買ってきて」

「買ってくる。紅芋《べにいも》タルトも買ってくるよ」

「って、何、太らせるつもり？」

「それもいいかも。真波って、ふっくらすれば、もっとかわいくなるんじゃない？」

「二十八のふっくらは、もうかわいくないよ」

人ごとだと思いやがって。とわたしは密《ひそ》かに毒づく。太ったことをふっくらしたと表現していいのは中学生までだ。勝者はこれだからムカつく。

「じゃ、サボりは終了。戻ろ」と衣沙が言い、

「うん」とわたしが言って、
二人、部屋に戻った。

その週は、市原さんとの沖縄旅行が決まったこと以外にもう一つ、衣沙にとっていいことがあった。木曜日を挟んで金曜日。大口の受注を評価され、部内表彰されたのだ。

ウチの場合、部の全員が揃うことはまずないので、朝礼のようなものもない。でもたまにこういうことがある。部長が居合わせた者たちを集め、業績を上げた個人を称《たた》えるのだ。

衣沙がとってきたとされる大口の受注。対企業の新規顧客開拓。具体的には、ウチに人材派遣を任せるという契約の獲得。グループ会社も含めた契約だったため、大規

模なものになった。すごいことはすごい。ただ。その業績にも市原さんが絡んでると
わたしは睨んでる。市原さんというよりは父親。受注をとったその会社も、市原さん
の父親の会社とつながりが深そうなところなのだ。

市原さんにもその父親にも、普段からその手のお願いをしてるのだろう。利用でき
るものは何でも利用する。それが衣沙だ。ことは小さいが、わたしの有休だってその
一例。

実際、市原さんの両親との仲はとてもいいらしい。舅《しゅうと》だけでなく、姑《しゅうとめ》ともいいの
だ。沖縄旅行のおみやげも、まちがいなくわたしより先に姑に渡す。そしてそれはち
んすこうや紅芋タルトではないはずだ。何かこう、もっとしっかりした物。形として
残り、目にするたびに、あれは衣沙さんがくれたのよねぇ、とついつい思ってしまう
物。

衣沙を表彰したのは、貝塚潤司《かいづかじゅんじ》部長だ。部長といっても、まだ三十七歳。業界自体
が若いので、ウチは部長も課長も若い。これはよその大手も同じだと思う。人を動か
す人材派遣会社の部長が動けない人では駄目なのだ。

表彰と言うと大げさに聞こえるが、堅苦しいものではない。むしろあっさりして
る。はい、みんな、ちょっと集まって〜、と部長が声をかける。皆がワラワラと集ま
る。副島さんがやってくれました、と部長がくだけた口調で簡潔に説明する。おぉっ

と皆が声を上げ、パチパチと拍手をする。と、そんな具合。でも一応、表彰されたことは記録に残る。人事評価にもつながる。

「副島さん、この先も期待してます。部のためにも社のためにもそうですが、まず自分自身のためにより一層のご努力をお願いします。これは皆さんも同じです。まずは個の力。それがなければ何も始まりません。一人一人の力を合わせることで部を、そして社を盛り上げていきましょう。朝の貴重な時間をありがとう。では今日も一日、よろしく」

皆がそれぞれ何となく頭を下げて、ワラワラと散っていく。わたしも自分の席に戻る。

個の力。耳触りのいい言葉だと思う。部のために社のためにと言ったところで誰もがんばらない。がんばれがパワハラともとられる時代だから、部長も部下に、ご努力をお願いしなければならない。

と、まあ、それはいいが。

部長は衣沙が個の力で大口の受注を勝ちとったと本気で思ってるのか。拍手をした人たちも本気でそう思ってるのか。わたしは思ってない。拍手はしたが、それはまさに衣沙個人を称賛する拍手だ。あなたは本当に上手くやりますね、上手ですね、という。

自分の席に戻って書類を整理してから、化粧室へ向かう。一度部屋を離れ、気持ちを整えようと思う。通路に出て、角を曲がろうとした。が、その先に部長と衣沙がいたので、曲がらずに素通りする。そして立ち止まり、顔だけを出して様子を窺う。覗《のぞ》き見するつもりではない。いなくなるのを待ってるのだ。化粧室が二人のすぐわきにあるので。

仕事の打ち合わせでもしてるのか、でなきゃ部長が駄目押しのひとほめでもしてるのか。ともに笑顔で話してた二人はすぐに別れる。衣沙は化粧室へ。部長は通路の先へ。

その際に二人の手が微かに触れ合うのを、わたしは見てしまう。

握手をして離した、というのではない。二人は立ち話をしてただけ。身体的な接触はなかった。なのに別れ際だけ、あえて手を触れ合わせた。手と手というよりは、指先と指先。そこには男女の匂いがあった。ひどく淫靡《いんび》な感じがした。わたしでなければ気づかなかったと思う。見たとしても、同時に動いたから手と手が触れただけ、と感じただろう。二人の過去を知ってるわたしだからこそ気づけた。

参った。この二人、まだ続いてたのだ。

衣沙を追って化粧室に行こうと足を踏み出すも、立ち止まる。化粧室の大きな鏡の前で、まだ続いてたの？　と衣沙に尋ねるのか？　市原さんと結婚した今の衣沙なら否定するかもしれない。必死に否定するその姿を見るのも悪くないと思うが、実際にそうする気にはならない。

わたしは部屋に戻り、自分の席に着いてパソコンを開く。そして、新しいメール、をクリックし、ブラインドタッチでこんな文字を打つ。

貝塚潤司部長と副島衣沙は不倫をしています。

ゾクッとした。

もちろん、画面はわたししか見てない。右隣には三歳上の桜木《さくらぎ》さん、左隣には三歳下の押見《おしみ》くんがいるが、二人はそれぞれ自分のパソコンの画面を見てる。

それでも、ゾクッとした。

そしてわたしはその一文を消去する。

急ぐ必要はないのだ。

「衣沙は結婚する前から不倫してたんですよ」とわたしは田村さんに言う。「入社してまだ一年。二十三歳の時ですよ」

「部長さんはいくつだったの？」

「今三十七だから、えーと、三十二ですね」

「三十二なら、結婚してそんなに経ってはいなかっただろうね」

「だと思います。不倫したのは奥さんが妊娠してた時。最悪ですよね。部長も最悪ですけど、衣沙も最悪ですよ」

「春日さんも、そのころから知ってたの？」

「衣沙に聞きました」

「副島さんが自分から話した？」

「何かおかしかったんで、わたしから訊きました。そしたら、わりとあっさり、そうなんだと」

「衣沙さんの様子がおかしかったっていうこと？」

「おかしいというよりは、怪しい、ですね。コソコソした感じというか」

「そのことで悩んでるとか、そういう感じはなかったんだ？」

「はい。むしろ割りきって楽しんでる感じでした。そういう子なんですよ、初めから。会社に入って知り合ったんで、その前のことは知りませんけど。でも想像はつきます」

不倫といっても、短期間。一年弱。それこそ奥さんが妊娠してる間だけだったのかもしれない。部長にしてみれば遊びだったことはまちがいない。が、衣沙が遊ばれて捨てられたわけでもない。そもそも、誘ったのは衣沙だ。それもまちがいない。玉井っちはいずれ浮気するタイプだよ、が聞いて呆《あき》れる。どの口が言うのだ。

「今も続いてるっていうのは確かなの？」

「確かです。何もなかったら、あの感じにはならないですよ」

「ずっと続いてたということ？」

「いえ。一度切れて、復活したんだと思います。衣沙が結婚して生活も落ちついて、そろそろ刺激が欲しくなったんじゃないですかね」

「そんなにいいお相手と結婚したのに？」

「はい。だからそういう子なんですよ、衣沙は」

このあたり、男には上手く伝わらない。でも女ならわかる。衣沙は、サイコロで六を出しますと言って六を出せる女なのだ。わたしは今でも時々、衣沙が部長と不倫してたことを市原さんにバラしたくなる。遡《さかのぼ》って、大学時代にキャバクラでバイトしてたことまでバラしたくなる。

「ひょっとしたら、部長の奥さんがまた妊娠したのかな」

「二人めができたということ？」

「はい。それでまたそんなことに」

「だとすれば、副島さんはいいように利用されてるだけのような気もするけども」

「衣沙の方でも何かしら利用はしてるんですよ。与えて終わるだけの子ではないですから」

「それは、何というか、逞《たくま》しいね」と田村さんが笑う。

「社内不倫とか、ほんと、最悪ですよ。そう思いませんか？」

「僕も人のことはあまり言えないかな」

「どうしてですか？」

「春日さんとこんなふうに会ってるしね」

「わたしたちは不倫でも何でもないじゃないですか。あのころだっておかしなことはなかったですし。田村さんもお独りでしたし」

「うん」と言って、田村さんはウイスキーを一口飲む。ロックなので、本当に一口。チビリと。「でもそれは、あくまでも結果としてそうだっただけだからね。僕はたまたますでに離婚してた。春日さんが会ってた他の人たちの中には、結婚してた人もいたんじゃない？」

「それは、まあ。ただ、あくまでもバイトとして、というか仕事としてやってただけですし」

「仕事かどうかはあまり関係ないんじゃないかな。もしその人の奥さんがそれを知ったとして。相手は仕事でやってたから傷つかない、とはならないだろうし。より深く傷つくことだってありそうだよね」

そう言われると、何も言えない。わたしも目の前のスプモーニを飲む。カンパリとグレープフルーツジュースを混ぜたカクテルだ。令太とバーに行った時、名前のかわいさに惹かれて頼んだ。アルコール度数が低く、気軽に飲めるので、好きになった。

「責めてるわけじゃないからね」と田村さんは続ける。「春日さんがその仕事をしてくれてなかったら、僕らはこんなふうに知り合えなかったわけだし。僕は不倫を否定する気はないんだよ。駄目は駄目だし、自分でしようとは思わないけど。ただ、そんな関係に陥《おちい》った知り合いを何人か見てきてもいて。中には同情できるケースがあることも知ってるから」

「わたしは、やっぱり不倫はいやですよ。しかも会社でとか、あり得ないです。気分がよくないですよ。というか、気持ち悪いですよ。働いてるすぐそばでそんなことされるのは。だからわたし、メールを出そうかと思ってます。人事に」

「告発メールみたいなものを、ということ？」

「はい」

そこまで言うつもりはなかったが、言ってしまった。何でも聞いてくれる田村さんが相手だからだ。

今回も、田村さんにはわたしから連絡をとった。〈またお会いできませんか？〉とメールを出したのだ。〈ぜひ。今度は何が食べたい？〉とシンプルな返事が来た。〈パスタがいいです〉と伝えた。

待ち合わせは金曜日の午後七時、山野楽器銀座本店前。五分前に着いたが、田村さんはすでにそこにいた。ダークグレーのスーツにもっと濃いグレーのコート。いかにも大企業の切れ者部長、という出《い》で立《た》ちで。

連れていってくれたのはイタリア料理店。適度にカジュアルな店だ。田村さんが友人と利用してもわたしが友だちと利用してもおかしくない感じの。そこで生ウニのパスタを食べ、ワインを一杯飲んだ後、ビルの六階にあるこのバーへ移った。もちろん、田村さんはどちらも予約をしてくれてた。

会社のことや仕事のことを話し、流れで衣沙のことも話した。名前を出したらもう止まらず、後は一気にいってしまった。田村さんは途中で質問を挟んだりせず、最後まで黙って話を聞いてくれた。そこが令太とはちがうところだ。令太は一々質問を挟んだ。そのせいで話が逸れてしまうこともあった。そのまま令太自身の話になってしまうこともあった。

「不倫をしてるかどうかは別として」と田村さんは言う。「副島さんは偉いね」

「何がですか？」

「自分にできることをきちんとやってる。会社のためにダンナさんのお父さんにお願いして契約をとったのなら、それはすごいよ」

「会社のためじゃなくて、自分のためですよ。三十代の女性部長とか、そういうのを狙ってるんだと思います」

「それならそれでいいじゃない。その部長さんが言う通り、個の力が会社の力になるんだし。結局、会社は、というか社会は、そんなふうに回っていくものだからね。春日さんは、狙わないの？　三十代の女性部長」

「わたしは無理ですよ」

「どうして？」

「衣沙みたいな武器がないですもん。お義父《とう》さんとか、部長とか」

「でも狙えなくはないよ。狙ってみても損はない」

「わたしはいいですよ。そんな気もないし」

「もし結婚したら、会社は辞める？」

「いえ。辞めはしないと思います」

「だったら、上を目指してみてもいいんじゃない？」

「うーん」

「目指せるよ、春日さんなら。自分では気づいてないかもしれないけど、僕みたいな二回り歳上の男と普通に話せるっていうのは、すごいコミュニケーション能力だからね」

「いや、大げさじゃない。うらやましいよ、そんな能力があって。僕の息子なんて、何もないから」

「大げさですよ」

「もう就職されてるんですよね？　息子さん」

「したんだけど、一年で辞めた。今はアルバイトをしてるよ。その仕事も、きちんとやってるのかどうか。もう二十五なのに、ひたすら適当なバカ息子だよ」

「そんな」

「元妻が勤める会社にコネで入るという話もあったみたいだけどね、そうしなくてよかったと思うよ。どうせ辞めてただろうから」

「よく会われるんですか？　息子さんとは」

「たまにだね。連絡が来るのは、何か頼みごとがある時。色々と面倒をかけてくれるよ、バカ息子の本領を発揮して。本当に何にも考えないんだね、たぶん」

でもかわいいのだろうな、と思う。そうでなければ、娘世代のわたしにまでそんなことは言わない。わたしの父も、どこかでそんなことを言ってるのだろうか。ウチのバカ娘は二十八にもなるのに実家に住んで犬の散歩ばかりしてる、とか。

バカ息子さんの話。田村さんからそれを聞けて、ちょっとうれしい。田村さんが初めて弱い部分を見せてくれたようにも感じる。

「春日さんは、副島さんのことをあまりよく思ってないの？」

どう答えるべきか迷う。ここまで話しておいて、よく思ってるとは言えない。少し酔った頭で冷静に考え、言う。

「尊敬はしてます。でも、ああはなりたくないです」

言ってみて、いかにもだな、と思う。誰かがそう言うのを聞いたら、わたしは負け惜しみだと思うだろう。何言ってんのよ、と笑いさえするかもしれない。

スプモーニを飲んで、わたしはこう続ける。

「と言いたいとこですけど。なれるならああなりたいですね」

田村さんは柔らかな笑顔で言う。

「春日さんは、やっぱり正直だね。そこは大学生のころと変わらない」

「進歩がない、ですか？」

「そうじゃない。いい意味で変わってないんだよ。僕がどうして春日さんを好きかわかる？」

いきなり好きと言われてとまどいつつ、わたしは言う。

「いえ」

「そんなふうに自分の気持ちを素直に話してくれるからだよ。春日さんと会うようになるまで、僕は他にも何人かの子たちと会った。みんな、する話は同じなんだよね。

本音は隠すとかそういうことではなく、他人の価値観で話しちゃうんだ。誰かが決めた価値観でね。まあ、これは僕も含めて、ほとんどの人間がそうだけど」

「わたし、おかしいですか？」

「おかしくはないよ。おかしいではなくて、おもしろい、だな。話をしててね、本当に楽しいんだよ。だから春日さんとはまた会いたくなる。一緒にご飯も食べたくなる」

春日さん。田村さんは、大学生のころからわたしをそう呼んでくれた。多くの中年男がそうしたがるように、真波ちゃん、などとは言わずに。歳は親子ほども離れてるのに、田村さんはわたしを自分と対等な人間として扱ってくれる。同い歳であるにもかかわらず、真波はあれが駄目これが駄目、と言ってくる令太とはちがう。まるでちがう。

「僕にこんなことを言う権利はないけども。そうとわかった上で言うけども」と田村さんが言う。「メールを出すのは、やめた方がいいんじゃないかな。不倫をやめさせたいなら、副島さんに直接言ってあげるべきだと思うよ」

「言っても、たぶん、ごまかされますよ」

「だとしても、それが不倫をやめるきっかけにはなるんじゃないかな」

「どうでしょう」

「まずね、それをすることは、春日さん自身のためにならないよ」

「正しいことなのに、ですか？」

「うん。正しいことではあっても、正しいやり方ではないかもしれない。それをしたら事が大きくなるし、たぶん、春日さんも損をする。不倫のことを知ってる人は多くないだろうから、副島さんも、誰に告発されたのか予想はつくよね。そうなったら、友人関係は終わるよ。その時はよくても、何であんなことをしたのかと、後で悔やむかもしれない。感情的になってる時こそ、立ち止まって、冷静に考えなきゃいけないんだ。春日さんは、本当に社内不倫を糾弾《きゅうだん》したいだけなのかな。副島さん個人に対する思いがそれにすり替わってるということは、ない？」

どう答えるべきか、そこでも迷う。すり替わってないとは、言えない。というか、見事にすり替わってる。やはり田村さんはちがう。わたしのことをきちんと見ている。見てくれている。

「ねぇ、春日さん」とその田村さんが言う。

「はい」

そして意外な言葉が来る。

「また前みたいに会ってくれないかな？」

「前みたいにっていうのは、わたしが大学生だったころみたいにっていうことですか？」

「うん」田村さんはウイスキーを一口飲んで言う。「春日さんはもう学生じゃなくて僕と同じ社会人。あのころよりは近づいてもいいんじゃないかと思う。僕自身が、近づきたい」

「それは」わたしはスプモーニを一口飲んで言う。「愛人契約を交わす、みたいなことですか？」

「そうとってもらって構わないよ」

「本気ですか？」

「そう聞こえない？」

「聞こえるからこそ、確認したいんですよ」

それを聞いて、田村さんは穏やかに笑う。余裕のあるいい笑みだ。令太の顔には浮かんだことがない類の。

ふと思いだしたことを、わたしは言う。

「傘、修理に出しましたよ」

「あ、そう」

「預かりにはなりましたけど、直せるみたいです」

「ならよかった。前とはちがう店に行ったの？」

「いえ。同じあの店に。文句を言いに行ったわけじゃないですけど、わたしを見たら何て言うかなと思って」

「何て言った?」

「またお越しいただいてありがとうございます、と」


休み明けの月曜日。その午前中。

わたしは自席のパソコンで、狂犬病、を検索する。

人が感染し発症した場合はほぼ確実に死に至り、治療法も確立されてないことがわかった。ただし、日本国内での発生はもう六十年以上確認されてないこともわかった。

昨日、散歩の際、武蔵に手を嚙まれたのだ。通行人に駆け寄るのを防ごうとリードを強く引いた時に。

甘嚙みは甘嚙みだったが、歯が肌に直接当たったため、少し血が出た。家に帰って、武蔵に嚙まれた、と言ったら、狂犬病になったりしてな、と父が言った。怖っ! と言ったら、毎年予防接種をしてるから大丈夫だよ、と父は笑った。してたのか、と思った。わたしがその予防接種に武蔵を連れていったことはない。父か母がやってくれてたのだ。わたしの知らない内に。

「狂犬病？」といきなり背後から言われる。

驚いて振り向くと、目の前に衣沙がいる。右隣の桜木さんも左隣の押見くんも今はいないからここまで来たらしい。

「びっくりさせないでよ」

「仕事をサボっちゃいけませんなぁ」と衣沙が笑う。

「サボってないよ」

「じゃあ、何、クライアントが狂犬病だとか？」

「そう」

「そう、じゃないでしょ」と衣沙はなお笑う。

「どうしたの？　何か用？」

「合コン」

「え？」

「やるよ」

「やるって、衣沙も？」

「そう」

「マズいでしょ」

「マズくない。ダンナの紹介。相手は広告関係。ダンナ公認。衣沙も行って真波さんのサポートをしてきなよって言われた。ダンナとわたしからのお礼。有休を譲ってくれたことへの」

「お礼が、合コン？」

「そう。今の真波にはそれが一番だと思って。日にち、いつがいいか考えといて」衣沙はわたしの肩をぽんと叩いて言う。「前を向いて行こうよ。わたしも力になるからさ」

そして颯爽《さっそう》と去っていく。

その後ろ姿を呆然と見送る。まあ、スタイルはいいよな、と的外れなことを思う。自分の言いたいことだけ言って去っていく。言えば伝わると思ってる。それが衣沙だ。

無意識にしてしまった後で、あ、今舌打ちした、と気づく。

わたしは狂犬病のページを閉じる。そのサイトを見る前に打ってたメール文書が画面に表示される。

貝塚潤司部長と副島衣沙は不倫をしています。

その一文で始まる文書。それを丸ごと消去する。

ふうっと息を強めに吐いたことで、画面に付着してた埃《ほこり》のようなものが舞い上がる。砂埃でも糸屑《いとくず》でもないそれ、その二つよりも遥《はる》かに小さく見た目には白い点や線でしかないそれが、ＬＥＤ照明の光の中をゆらゆらと漂い、ゆっくりと落ちていく。

何故だろう。

自分がその塵にでもなったような気がする。

針 ―HARI―

ない。高校生はない。
自分が付き合ってる子だ。いくら何でも気づくだろう。
普通は疑わないよ。気づけないよ。
そんなことはない。
疑わないのはお前が甘いからで、
気づけないのはお前が鈍いからだ。
いい加減、大人になってくれ。もう二十五なんだから。

「誠意です」とおれは言い、厚みのある白い封筒を相手に向けて置く。

仕事で取引先に言うことはあるが、私的にその言葉を使うのは初めてだな、と思う。あらためて、実のない言葉だと感じる。何故だろう。畏《かしこ》まりすぎてしまうからなのか。

四人掛けのテーブル席。向かいに座る間宮速雄が言う。

「お金の問題じゃないんですよ」

あぁ、そうか、と気づく。誠意イコールお金という認識が広く定着しているから、その言い換えに胡散臭《うさんくさ》さを感じてしまうのだ。

誠意を見せろ、と言われたら、普通は金銭を要求されたと解釈する。見せられる誠意とは、お金なのだ。そんな場に毎回駆り出される福沢諭吉《ふくざわゆきち》はどう感じているだろう。

一瞬そんなことを考え、すぐに切り換えて言う。

「それはわかっています。これはこれとしてお納めください。あくまでも気持ちですので」

そして封筒をさらに五センチほど間宮の方へ寄せる。さあ、どうぞ、という具合に。

それでも、間宮は手をつけない。腕組みをし、封筒を見下ろしている。いくら入っているか推測中。そんなふうに見えないこともない。

間宮は四十二歳。おれより十歳下だ。父親が経営する会社で測量士をしているという。行く行くは跡を継いで社長になるらしい。

「息子さん」と間宮が言う。「二十五歳ですよね？」

「はい」

「で、働いてない」

「今はアルバイトをしています」

「前はどこかに勤めてたんですか？」

「一応、会社に」

「辞めたということですか」

「そうですね」

「何年で？」

「えーと、一年で」

「一年！」と間宮がその言葉をくり返す。声に嘲《あざけ》りの色が出る。「キャリアにはならないですね。せめて三年は働かないと。今就職するにしても、もう第二新卒とは見てもらえない」

「会社さんによるとは思いますけどね」とやんわり言う。「一般的には、新卒入社後三年以内と見るようですので」

「もう三年経っちゃいますよね？」

「はい」

「実際に就職活動はしてるんですか？」

「いえ。してはいないようです」

「してたら、女子高生と付き合ったりしないでしょうしね」

「はぁ」と神妙な顔をする。恐縮した感じを出す。

間宮がカップを手にし、コーヒーを飲む。おれもそうする。コーヒーは早くも冷めつつあるが、旨いことは旨い。焙煎《ばいせん》の度合いがちょうどいいのだと思う。浅すぎず、深すぎない。どちらかといえば、深め。好みに合う。

新宿《しんじゆく》の、駅からは少し離れたところにある喫茶店。チェーン店ではない。おそらくは個人経営の店。テーブルや椅子はくたびれているが、それは演出上のこと。内装そのものは古くない。いわゆる昭和の喫茶店という感じではない。

間宮がガチャンとぞんざいにカップをソーサーに置く。封筒の隣に置いてあるおれの名刺を手にして言う。

「息子さんは土佐《とさ》くんで、お父さんは田村さん。名字がちがうのは何でですか？」

訊かなくてもわかるだろう、と思いつつ、簡潔に答える。

「妻とは離婚しましたので」

「いつですか？」

「十五年前、ですね」

「じゃあ、隆吾《りゅうご》くんは十歳。小学生だ」

「はい」

「理弥《りや》はね、その時まだ三歳ですよ」

「そう、なりますね」

隆吾と七歳ちがうのだから当然だ。それを言ってどうなるのか。隆吾は別に三歳の女子と付き合ったわけではない。

「会ったりはしてないんですか？　別れてから」

「そんなには」

「そんなには会ってなかったのに、こんなことになったら別れた父親に頼るわけだ。

二十五にもなって」

「隆吾が頼ったと言うよりは、わたしが勝手に動いたと言うべきかもしれません」

「でもこれこれこうなったと話はしたわけですよね？」

「はい」

「普通、親に話さないでしょ。こんなみっともないこと」

「はぁ」とまたしても神妙な顔をする。より恐縮した感じを出す。

「女子高生とホテルに行ってるんですよ」間宮はわざわざ言い直す。「女子高生をラブホテルに連れ込んでるんですよ」

声は抑えられている。左右のテーブル席に人はいない。だが隣の隣の席の人たちには聞こえてしまったかもしれない。

隆吾が付き合った間宮理弥は高校生だった。すでに十八歳になってはいるが、付き合いだしたのは十七歳の時だという。

ただ、隆吾はそのことを知らなかった。知らなかったと本人が言った。まったく疑わなかった、だから訊きもしなかったのだと。その部分はおれも信じている。

出会いのきっかけはネットだ。審査も何もないような無料サイト。理弥は隆吾に二十歳のフリーターだと言っていた。実家に住み、あまり真剣に働いてはいないフリーター。隆吾と同じだ。大学生だと言うとボロが出るので、そうしたらしい。

父親の間宮にバレたのは、外泊が続いたから。妻に聞いておかしいと思った間宮は、理弥が泊まることになっていた友人宅に電話をかけたという。それで泊まっていないことが判明した。前の二度も泊まっていないことまでもがついでに判明した。

翌日、帰宅した理弥は、待ち構えていた間宮に問い詰められた。そして白状した。歳上の男と付き合っていること。昨夜はホテルに泊まったこと。彼も実家住まいなので、そうせざるを得なかったこと。

間宮は逆上した。理弥に対しては烈火《れっか》の如《ごと》く怒り、彼氏として名前を挙げられた隆吾に対しては業火《ごうか》の如く怒った。具体的には、理弥に自身のスマホで電話をかけさせ、隆吾と直接話をした。そしてその日の内に自宅に呼びつけ、怒鳴りつけた。いい大人が何やってんだ、と。バカかお前は、と。

結婚することを考えて付き合ってるのか？　と間宮に問われ、いえ、そこまでは、と隆吾は言ってしまった。素直な気持ちを口にしただけだろう。間宮はそれを悪い意味にとった。理弥とは遊び。そう自白したととったのだ。

お前、どうする気だ。どう責任をとるつもりだ。間宮にそう言われ、隆吾はこうした。つまり、別れた父であるおれに頼った。母晴乃《はるの》には言えなかったのだ。女子高生とラブホに行ってその父親に怒られたよ、とは。

非難されるのを承知の上で正直に言えば。そんなに悪いことなのか？　と思う。隆吾だけが悪いのか？　とも。

現実に、大人と付き合っている女子高生はたくさんいるはずだ。援助目当てだと言っているわけではない。真剣に付き合っている子もたくさんいるはずだ。結婚までは考えていなかったから遊びだと言われるならそれでもいい。だとしても、そこまで咎《とが》められることではないような気がする。少なくとも隆吾は、自分との交際を強いてはいない。理弥だってすでに高校生。まるっきり分別がないわけでもないだろう。

間宮がコーヒーをもう一口飲む。またガチャンとカップをソーサーに置く。そしてテーブルに置かれた封筒をようやく手にし、中を見る。

「いくらですか？」

「五十万円です」

「ふぅん。こういうのの相場って、いくらなんでしょうね」

「相場というものがあるのかは、わかりませんが」

「あるでしょ。こんなことをしちゃう奴はたくさんいるだろうから。みんな、いくらで片《かた》をつけてるんですかね」

おれ自身、いくらが妥当なのかわからなかった。最低ラインが十万なのかな、とは思った。こんなことを言うのはよくないが、別に妊娠させたわけではない。堕《お》ろしてほしいとお願いするわけではないのだ。が、そうは言っても、十万では少ない。それでは誠意を見せられない。五十万でいくことにした。五十万なら封筒に厚みも出るだろう。一目で厚いとわかるだろう。

「さっきも言ったみたいにね、お金の問題じゃないんですよ」

「はい」

「でも、まあ、結局はこうするしかない。他に何ができるわけでもないですしね」

「はい」

「別れてはくれますよね？」

「もうすでにそうしたかと」

「理弥もそう言ってましたよ。でも隠れてやられたら、わかんないからな」

「それは、ないようにします。わたしがもう一度言って聞かせます」

「隆吾くんが田村さんに隠したら、わかんないでしょ。わかります？　一緒に住んでもいないのに」

「わかるようにします」

「どうやって？」

「会う機会を増やして、何度も何度も言います。うるさがられるくらいに」

「初めからそうしてくれてたらよかったんですけどね」

「はい」

「高校生なんてね、まだ子どもですよ。自分が高校生だったころを思い返してもそうですよね？　変に大人扱いされたりはしたけど、まだ子どもでしたよね？　常に正しい判断なんて、できないですよ。大人にこうだと言われたら、流されますよ」

「そんなことも、あるかもしれません」

「かもじゃない。あるんですよ。だからこうなったわけでしょ」

「はい」

「してます？　反省」

「はい」

「そうは見えないんだよなぁ。おれなら土下座だってしますけどね」

仕方ない。スーツの内ポケットからもう一つの封筒を出す。まったく同じ白い封筒だ。中身まで同じ。それをテーブルに置き、今度は自ら言う。

「五十万です。小出しにしたとは思わないでください。これは、他の物の支払いに充《あ》てようと下ろしたお金です」

「別に足りないと言ったつもりはないんですけどね」

「わかっています。これも誠意です」

他の物の支払いに充てようと下ろした、というのは嘘だ。五十万で充分だと思ってはいたが。百万。そこが限度だと思ってもいた。出しすぎだ。わかっている。だがこういうところでこういう相手に渋ってはいけない。

「息子が高校生の娘さんを惑《まど》わせてしまったことは謝ります。本当に申し訳ありませんでした」

そして頭を下げる。下げた状態で止まる。コーヒーのカップを間近に見る。三秒を数え、ゆっくりと頭を上げる。謝罪はした。それはそれで完結した。そう感じさせる間を置いて、こう続ける。

「ですが。娘さんが高校生であることを息子は知りませんでした。そこはご理解ください」

「理弥にも非があるってことですか？」

「そうじゃありません。ただ、隆吾が邪《よこしま》な気持ちで娘さんとお付き合いしたのでないことだけは、どうかご理解ください」

「女子高生だから付き合ったわけじゃないってことですか。好んで女子高生と付き合うような男ではない、女子高生が大好きなスケベ男ではないと」

「そう、ですね」

「理弥にもね、付き合う相手は選ぶようにと言っておきますよ。その意味じゃ、おれも甘かった。やっぱりカミさん任せじゃダメですね。男親として、言うべきことは言っておかないと」

「最後にもう一つ」

「何ですか？」

「これ以上の金銭をお渡しするつもりはありません。それをご所望されるようなことがあってもわたしは応じませんし、事を公《おおやけ》にされることを恐れもしません。もちろん、そうなることはないと確信しています。それは隆吾よりもむしろ理弥さんにとって不利益なことですから」

一気にそこまで言って、コーヒーを飲む。後半は穏やかな脅《おど》しだ。そちらがおかしなことをするならこちらも黙っていませんよ、受けて立ちますよ、という。何せ、百万も払うのだ。そのくらいの念押しはしておくべきだろう。

「いやなことを言いますね。最後にたかり屋扱いですか」

「お気に障《さわ》ったのなら謝ります。間宮さんがそんなことをなさる方だと言ってるわけではありません。あくまでも念のためです」

「理弥は、ちゃんと言ってますからね。自分が高校生だって」

「といっても、隆吾との関係を間宮さんに知られてからですので」

「実は気づいてたんじゃないですかね、隆吾くんも」

「それはないと思います。そうとわかるＬＩＮＥも残ってますし」

「ＬＩＮＥ？」

「はい。やりとりの中で、もしわたしが高校生なら、というようなことを理弥さんが書いてきたことがあったようです。つまり、高校生でないことを前提として」

「それだけですか？」

「はい。ずっと高校生だと言いつづけたことの証拠にはなりません。そのメッセージを出した後に打ち明けていたと言われたらそれまでですし。ただ、一時的にとはいえ、理弥さんが隆吾に自分を高校生ではないと思わせていたことの証拠にはなるかと」

「そんなメッセージを、隆吾くんはとっといたわけですか」

「そのメッセージだけでなく、他のも残していたようです」

「気色悪いですね」と間宮は吐き捨てるように言う。「理弥は、別れた後でLINEはすべて消したと言ってましたよ。未練はないからって。隆吾くんにそう伝えといてもらえますか。後々付きまとわれたりすると、こっちが困るんで」

「そうはならないと思いますが、伝えます」

LINEのことは言わないつもりでいた。が、間宮と会い、考えを変えた。言っておくべきだと思ったのだ。暴走を許さないためにも。

「まったく。面倒な息子さんですね。もっと面倒なことにならない内に気づいてよかったですよ。追加の五十万は、気づいた自分へのご褒美《ほうび》としてもらっときます」

「もうこれでわたしたちは無関係。そういうことで、よろしいですね？」

「もちろん。こっちからお願いしたいですよ。もし隆吾くんが付きまとってくるようなことがあれば、その時は出るとこへ出ますから」

「わかりました」

二つの封筒を無造作に鞄に収めると、間宮はコーヒーを飲み干した。そしてやはり、ガチャン！

「コーヒー代は、いいですか？」

「はい。わたしが」

「じゃあ、これで」と間宮は立ち上がる。

おれは立ち上がらずに言う。

「お時間をありがとうございました」

それには応えずに、間宮は歩き去る。店を出ていく。

ふっと短く息を吐く。ウェイトレスがカップを片づけに来たので、コーヒーのお代わりを頼む。

五分ほどで届けられたそれを、落ちついて、ゆっくりと飲んだ。いい喫茶店なのに残念だ、と思う。こんな形で知ったのでなければ、今後も利用していただろう。

店を出たのは三十分後。新宿の雑踏に紛れる前に、隆吾に電話をかけた。間宮と今日の午後五時に会うことは伝えていたから、焦《じ》れているだろうと思ったのだ。

ワンコールで出るようなことはなかったが、留守電に切り換わることもなかった。

「もしもし」と隆吾は言った。

「もしもし。お父さんだ」

「うん」

「間宮さんと会って、話をした」

「意外と早かったね。もっとかかるかと思った」

隆吾の声に不安は感じられない。隠しているだけかもしれない。隠しているのかいないのか、それが聞きとれない。十五年でできてしまった距離のせいだ。

「向こうは、何て言ってた？」

「特別なことは何も。たぶん、隆吾に言ったのと同じようなことだよ」

「いやな感じの人だったでしょ」

その通り。だがこう返す。

「そういうことは言うもんじゃない」

「わかってるけど。理弥も言ってたから。そのまま言っちゃうと、ウザい親父だって」

理弥というその名前が隆吾の口からするりと出たことに少し動揺する。我が子ながら、そこまで信用はできない。本当に、次はなしにしてほしい。

そうさせるためにも、おれは言う。

「なあ、隆吾。今、家か？」

「うん」

「お母さんは？」

「仕事」

「一緒に、メシでも食わないか？」

「今から？」

「ああ。まだ食ってないよな？」

「うん。でも、どこで？」

「新宿。それなら三十分で来られるだろ？　駅の近くだとわかりづらいから、三丁目の交差点にしよう」

「伊勢丹《いせたん》のとこ？」

「そう。その角」

「行くよ。七時は過ぎると思うけど、着いたら電話する」

「頼む」

「じゃあね」

「じゃあ」

電話を切ると、続いて、何度か行ったことがある焼鳥屋に電話をかけた。待ち合わせ場所のそば、新宿三丁目にある店だ。すぐの予約は無理かと思ったが、カウンター席ならということで、対応してくれた。

隆吾は七時十分すぎにやってきた。着いたよ、と歩きながら電話で言うその姿を、おれが見つけた。

「予約しちゃったから、焼鳥でいいよな？」

「うん」

店に着くまでに話したのはそれだけ。おれが先を行き、隆吾がついてきた。

案内されたのは、一番奥のカウンター席。チェーン店ほどの窮屈《きゅうくつ》さはない。隆吾のダウンジャケットとおれのコートは女性店員が預かってくれた。隆吾を奥に入れ、左隣に座る。

「ビールでいいか？」

「いいよ」

料理はいつも頼むコースにした。串ものの他に、煮込みと締めの鶏雑炊がつく。

すぐに届けられた中ジョッキをそれぞれ手にし、ガチンと当てる。

「乾杯ってわけじゃないけど、とりあえず」

「うん」

おれは二口、隆吾は四、五口飲んで、ジョッキを置く。

隆吾の顔をチラッと見る。隆吾は斜め前、カウンターの内側で串ものを焼く料理人を見ている。そうでなければ、奥の棚に並べられた焼酎《しょうちゅう》のボトルを見ているのか。

大人になった息子と二人で酒を飲む。望んでいたことが、あっけなく実現した。理想的とは言い難い形で。それでも、うれしいことはうれしい。

「もう安心していい」

「ん？」

「全部終わったから」

「あぁ。うん」

「理弥さんが高校生だと隆吾が知らなかったことも、おれからきちんと話した。間宮さんも納得した」

「ほんとにした？」

「したよ」

納得、というのとはちがうかもしれない。だが理解はしたはずだ、隆吾が本当に知らなかったことを。

ふと不安になり、冗談めかして隆吾にこう尋ねる。

「本当に、知らなかったんだよな？」

「知らなかったよ」と隆吾は即答する。

嘘ではないように聞こえる。が、それならそれで問題だ。知らなかったから仕方がない、では済まされない。ネットのサイトで知り合った相手。せめて疑うべきではあったのだ。

「でも、途中で知ってたら、それを理由に付き合うのをやめたかはわからない。初めから知ってたら付き合わなかったとは思うけど」

「まあ、いい。お前はもう理弥さんと別れたんだからそれでいい」

「よくはないよ。別れたけど、気分はよくないよ」

「理弥さんのことを、そんなに好きだったのか？」

「そりゃあ、付き合ってたからね」

「でもホテルはマズかった」

「家に引っぱりこむよりはましでしょ」

「高校生だと知らなかったにしても、印象は悪い」

間宮にとってはそうだろう。家よりもホテルに娘を連れ込まれる方が、印象は悪い。ホテルでは、目的が見えてしまう。逆に言えば、理弥自身も合意していたということだが。

各種串ものが二本ずつ皿に載せられて運ばれてくる。ししとう、ねぎま、つくね。ねぎまもつくねも塩だ。この店は、タレならタレと指定しない限りは塩で来る。

「お金、払ったんだよね？」と隆吾が言う。「間宮さんに」

少し迷い、こう答える。

「まあな」

「いくら？」

「そういうのはいいよ。知らなくていい」

「知りたいよ。十万ぐらい？」

「いいよ」

「もっとだ？」

「いいって。払ったことは払った。お詫びをして、解決した。お前はそれだけ知っておけ。何も気にしなくていい」そしておれは言う。「ただ、理弥さんとはもう関わるな。理弥さんが高校を卒業しても、関わるな」

「何で？」

「何でって。お前もいやな思いをしただろう。こう言ったら何だけど、理弥さんはお前をだましてたんだぞ」

「だましては、いないよ」

「高校生であることを隠してた。それは、だましてたってことだ」

「悪気があったわけじゃないよ」

「悪気がなかったなら、なおさらタチが悪い」

隆吾は何も言わない。ビールを二口三口と飲む。

おれも一口飲んで、言う。

「理弥さんは、進学するんだよな？」

「うん。高校は附属だったから、そのまま大学に上がる」

「大学に行ったら環境は変わる。わかるよな？　お前も行ったんだから。高校生だった時の人間関係が大学でもそのまま続いたりはしない。理弥さんは変わる。隆吾も変われ」

隆吾がさらにビールを飲む。ジョッキが空く。

「またビールでいいか？」

「うん」

女性店員に中生のお代わりを二つ頼み、自分もジョッキの中身を飲み干す。

二杯めもすぐに届けられたそれを一口飲んで、隆吾が言う。

「要するに、就職しろってこと？」

「そういうつもりではなかったけどな。まあ、就職は、した方がいいな。なるべく早くした方がいい。スタートが遅いと、周りに置いていかれるから。お前、やりたいことはないのか？」

「ないね」と頼りない返事が来る。「その内、見つけるよ」

「見つかりそうなのか？」

「どうだろう」

「やりたいこととか、そういうのに囚《とら》われない方がいいんじゃないか？　やりたいことなんて、ある人の方が少ないだろ」

「お父さんは？　ない人？」

「そう、だな。なかったと思う」

「好きで今の会社に入ったわけじゃないんだ？」

「いや。好きで入りはしたよ。印刷業界ってことで、選びはした。正直に言えば、ある中から消去法で選んだ。でもそれでよかったと思ってるよ。他に何ができたわけでもないしな。だから、あれだ、大げさなことを言うようだけど、自分ができることをやりたいことに変えていく努力も、必要なんじゃないかな」

「自分を寄せていく、みたいなこと？」

「まあ、そうだ。何にでもは寄っていかなくていい。でも興味を持てそうなら寄ってみる。そんな感じか」

「上手いこと言うね」

「一応、三十年働いてるからな」

「でもちょっといかにもかな。大学の就職部の人が言いそうなことだよ」

「ということは、どういうことだと思う?」

「ん? どういうこと?」

「まちがってはいないってことだよ。今のお前にはいかにもなことに聞こえるかもしれないけど、大多数の人が結局はそう感じるってことだよ。そんな意見に耳を傾けるのは無駄じゃない。お父さんはそう思うよ。三十年働いてきて、そう思う」

今度はハツが届けられる。ハツ。心臓。これも塩。心臓を焼いて、塩をまぶしたわけだ。

それを食べ、ビールを飲んで、隆吾が言う。

「何かさ、父親みたいなこと言うね」

「父親だからな」

「というこのやりとりも、いかにもだ」

「世の中にあるのは、ほとんどがいかにもなことだよ。新しいものなんて何もない。すでにあるものの形を少しずつ変えていってるだけだ」

「ねぇ」

「ん？」

「このこと、お母さんには言わないでよ」

「やっぱり言ってないのか」

「言ってない。心配させたくないから」

「お父さんにも、心配させないでくれよ」

かつては田村隆吾であった土佐隆吾。おれの愚息。へりくだって言っているわけではない。隆吾は文字通り愚かな息子だ。荒っぽいとか、そういう類ではない。ただ、甘い。考えが甘く、感覚も鈍い。

大学を出てせっかく入った大手食肉会社を一年で辞めた。合わなかったから、だそうだ。その上、ハムやソーセージが思ったほど好きでもなかったから、だそうだ。就職祝に腕時計を贈ったが、無駄だった。結果として、ただ腕時計を買い与えただけになった。

今はコンビニでアルバイトをしている。といっても、週に三日程度。やはり合わなかったのか、店も一度替わっている。コンビニで週に三日アルバイトをすることでやりたいことは見つかるのか。あるいは、残りの四日で何か見つかるのか。

二十五になってさえ愚かなことをしでかしてしまう隆吾は、大学時代にも車の事故を起こしている。大学四年、就職活動をしていたころだ。

追突事故。非は隆吾にあった。黄信号で交差点に入り、どうにか渡りきったところで前の車にぶつけた。渡りきることに意識がいき、前方への注意が疎《おろそ》かになったのだ。

車の損傷はひどくなかった。ともにバンパーが凹《へこ》んだだけ。幸い、前の車を運転していた人も、ちょっと首を痛めた程度だった。

ただ、隆吾はそれを警察に届けなかった。治療費と修理代は出しますから警察には言わないでください、と相手に言ってしまった。今就活中なんで、大ごとになったら困るんです、と。相手は応じてくれた。その日は連絡先を交換するだけで別れた。

隆吾もさすがにそれを晴乃に黙っていることはできなかった。車は晴乃名義の軽。そちらの修理も必要だったのだ。

警察に届けなきゃ駄目じゃない、と晴乃は至極当然なことを言ったが、後の祭りだった。ただし、すぐに動いた。その日の内に相手に電話をかけて謝罪し、土曜日にあらためて謝罪に伺います、と言った。

そして考えに考えた末、おれにも電話をかけてきた。悪いけど、一緒に来てくれないかしら、と晴乃は言った。二人の方があちらに誠意も伝わると思うし、男の人がいた方がわたしも心強いから。車の修理にいくらかかるとか、そういうの、わたし、まったく知らないのよ。

晴乃が不安になる気持ちは理解できた。追突事故は怖いのだ。首に限らない。後で他の部位に症状が出ることもある。出ていないのに出たと言われる可能性もある。が、そんなことはなかった。隆吾が追突した相手は萩尾《はぎお》さんという会社員の男性で、とても穏やかな人だった。隆吾と晴乃だけでなく、晴乃の別れた夫であるおれまでもが謝罪に出向くと、あぁ、何か、かえってすいません、と言った。わたしにも大学生の息子がいるので、焦ってしまった隆吾くんの気持ちはよくわかります、とまで言ってくれた。

聞けば。萩尾さんも黄信号で交差点に入ったという。どうにか渡りきれたと安心したところで後ろからガン！　だったらしい。萩尾さん自身はそうは言わなかったが、続く隆吾が交差点に入った時はおそらくすでに赤信号だったのだ。

萩尾さんは、念のため病院で診察を受けていた。しばらくは様子を見て、何か症状が出たらまた来てください、と言われたという。たぶん、大丈夫ですよ、と萩尾さんは言ってくれた。三日経って、もう痛みもほとんどないですし。

もし症状が出た場合はおっしゃってください。もちろん、その分の治療費もお支払いしますので。晴乃がそう言うと、萩尾さんはこう言った。ありがとうございます。そちらも、ご心配はなさらないでください。何もないのにここが痛いそこが痛いなんて言いだしませんから。

その後、萩尾さんから連絡が来ることはなかった。不幸中の幸い。それで済んで本当によかった。

と思ったのだが。まさか次があるとは。

いったいどんなふうに育ててきたんだ、と晴乃に文句を言いたくもなるが、言えない。おれと別れて一人になった晴乃は、仕事と家事をこなすだけで精一杯だったはず。つまるところ、隆吾がこうなったのは、十代の大事な時期にそばにいて面倒を見てやれなかったおれのせいなのだ。

晴乃と別れたのは十五年前。隆吾が十歳、小学四年生の時だ。浮気が原因、というようなことではない。おれは浮気などしていない。一度も。ただ、疑ってしまったのだ。晴乃を。

晴乃は今と同じ女性下着メーカーに勤めていた。知り合ったのは、おれの会社の先輩の結婚式で。新婦の友人として、晴乃もそこにいたのだ。披露宴の二次会で意気投合して付き合い、わずか三ヵ月で結婚した。

知り合う直前まで、晴乃には付き合っている男がいた。その男と別れてすぐにおれと付き合ったのだ。そして隆吾ができた。うれしかった。すべてが順調に進んでいた。

隆吾が五歳のころ、晴乃がその男と会っていたことを知った。今も仕事のつながりがあるから一緒にご飯を食べただけよ、と晴乃は説明した。それを疑ったわけではない。が、時にはご飯を食べることもあるという事実を知らされていなかったのはいやだった。そう言うと、晴乃はこう言った。知る方がいやだと思ったから言わなかっただけよ。

そのころ、ネットで気になる記事を読んだ。自分の子が夫の子でないのではと疑っている妻は案外多い、というものだ。疑っていたとしても、たとえ確信していたとしても、妻はそのことを夫に言わない。記事には妙な説得力があった。そうだろうな、とおれ自身思ってしまった。晴乃はすぐにおれと結婚し、すぐに妊娠した。あり得ないことではないよな。そう思ってしまった。

バカげている、そんな疑念はじきに消えるだろう、と考えるようにした。消えなかった。疑念は時とともにむしろ大きくなった。

そして五年ほどが過ぎた時、確かめることを思いついた。これもやはりネットでＤＮＡ親子鑑定の記事を読んだからだ。鑑定にかかる費用も以前に比べれば安くなり、依頼する人たちも増えている。口腔粘膜細胞《こうくうねんまくさいぼう》を採取して検査するだけで精度が高い結果が出るという。

やるなら今だ。そこでもそう思ってしまった。隆吾は小四、気づかれずにやるなら今だろう、と。

晴乃は出かけている。隆吾は歯をみがく。そんな時を狙った。口の中をちょっと見せてごらん、と言い、綿棒のような採取キットで隆吾の頬の裏側を拭った。不審に思われはしなかったはずだ。そしておれは自分のものと併《あわ》せ、それを鑑定機関に送った。

上手くやったつもりでいた。が、晴乃にバレた。隆吾が話してしまったのだ。何日か後に。悪気《わるぎ》もなく。お父さんが口の中をいじったよ、と。

ぴんと来たのか、晴乃はおれを問い詰めた。別に何でもないよ、と初めはごまかしたが、最後は正直に言った。何年も前からずっと気にしていた。気にするくらいなら確かめればいいと思った。でもそう聞いたらいやな思いをするだろうから黙ってやったのだ。と。いやな思いはしたわよ。と晴乃は言った。こんなにいやな思いをしたことは、ないわよ。

結果はシロだった。隆吾は九十九・九九パーセントの確率でおれの息子だった。ほっとした。心の底から安堵した。

が、晴乃はそうはいかなかった。初めから結果を知っていた晴乃は、ちっとも喜ばなかった。送られてきた通知を見ようともしなかった。そんなものは捨ててほしいとさえ言った。

結果さえわかればどうでもいい。おれは実際に捨てた。隠し持っているなどと疑われるのもいやなので、晴乃の目の前で破り捨てた。晴乃はそれを冷ややかに見ていた。そんなことしても喜ばないわよ、と冷ややかに言った。

そのことがきっかけで、おれと晴乃の関係はおかしくなった。修復できないところまで、一気に行ってしまった。皮肉としか言いようがない。おれは自分たちの関係を確かめたことで、それを壊したのだ。

結局、晴乃とはその後半年で離婚した。別れを切りだされ、もうあなたとはやっていけない、と言われた。自分の子じゃないと少しでも疑ったあなたに隆吾を渡すわけにはいかない、とも。

その隆吾が、二十五歳になった今、こうしておれの隣で焼鳥を食べ、ビールを飲んでいる。追突事故を起こしたり、会社を一年で辞めたり、不用意に女子高生と付き合ったりはするが、どうにか育ってくれた。

新宿三丁目にある焼鳥屋。奥も奥のカウンター席。隆吾の隣。そこに自分がたどり着けたことを、素直に喜びたい。


翌日、社内で久しぶりに辻岡盛寿《もりひさ》くんと会った。

ウチの本社は広い。フロアがちがえばそうは会わないし、建物がちがえばまず会わない。会うにしてもたまに社食で、という程度。おれはその社食に向かおうとしていた。辻岡くんも同じだった。

「田村さん」と通路で声をかけられた。

「おぉ、辻岡くん。久しぶり」

「お昼ですか？」

「うん」

「ではご一緒に」次いで辻岡くんは言う。「と思いましたけど。外にでも行きます？天気もいいし」

「そう、だね」

社屋を出て坂を下り、でもやっぱ寒いですね、暦上《こよみじょう》は春なんだけどね、などと言い合いながら、駅の方へ歩いた。そしてランチ定食を頼むべく、居酒屋に入った。

午後一時半を過ぎていたためか、すんなりテーブル席に着くことができた。ともにサバ味噌煮定食を頼み、出されたおしぼりで顔や手を拭う。

「あぁ、ほんと、久しぶりですね」と辻岡くんが言い、

「会わないもんだね、部署がちがうと」とおれが言う。

辻岡くんはおれよりちょうど十歳下。今は四十二歳のはずだ。

二十年前、当時いた部署に、辻岡くんが新人として入ってきた。おれはすでに三十

二歳。接点はあまりなかった。教育係の類にもならず、たまに仕事を教えるだけ。後は、忘年会で同席するとか、それこそ会社近くの居酒屋で偶然会うとか。

だが話は合った。どちらもサッカーが好きだったからだ。やる方ではなく、観る方。好きの度合いは、辻岡くんの方がずっと上。おれは地上波でJリーグの試合を放送してくれれば観るくらいだったが、辻岡くんは衛星放送の契約をしてヨーロッパの各リーグの試合を観ていた。

だから今でもこうしてたまに会うと、サッカーの話になる。主に辻岡くんが話し、おれが聞く。今日はイニエスタの話だ。まさかイニエスタがJリーグに来るとは、しかもポドルスキと同じチームに来るとは、という。

サバ味噌煮定食が届けられると、ともにいただきますを言って、食べはじめる。

「あ、そういえば」と辻岡くん。「川上さんて、田村さんの同期ですよね?」

「川上、延敏《のぶとし》?」

「はい。総務部長の」

「同期だね」

「執行役員でもあるんですよよね?」

「そう」

「四月には常務になるらしいですよ。常務取締役」

「執行役員から執行がとれるわけだ」

「ですね」

お互いの披露宴にも出席し合った同期の川上延敏は、現総務部長にして執行役員だ。経営側ではなく、今なお社員として給料をもらう執行役員。だが役員手当はっく。低くない額だと聞く。同期ではエースと言っていい。

川上には正義という息子がいる。まさよし、ではなく、せいぎ。名前まではっきり覚えているのは、ウチの社員だからだ。

二十六歳。隆吾より一つ上。川上が会社に入れた。その時は川上もまだ総務部長ではなかった。正義を入社させた後で総務部長になったのだ。ある意味運がよかったとも言える。人事を統括する総務部長が自分の息子を入れるというのは、無理とは言わないまでも、やりづらかったろうから。

父親同様、川上正義の社内評価は高い。入社四年めでありながらすでに川上の息子として語られることはほとんどないのだから、本当に優秀なのだと思う。川上自身の人望が厚いこともあり、悪い話は何も聞こえてこない。

今、おれの部署には、進藤映香《しんどうえいか》という、やはり優秀な女子社員がいる。その映香が正義と付き合っているらしい。セクハラになるので映香本人には訊けないが、事実のようだ。もしもその二人が結婚したら、川上の同期というよりは映香の上司として、おれも披露宴に呼ばれるかもしれない。

「それは、本当の話？」と辻岡くんに尋ねてみる。

「先のことだから何とも言えないですけど。徳丸《とくまる》さんが言ってたから、ほんとかも」

徳丸さんはおれより二歳上。総務にいたことがある。人事関係のこともやっていたから、今もつながりはあるだろう。その徳丸さんが言ったのだとすれば、信憑性《しんぴょうせい》は高い。

「常務になったら、報酬、いくらもらえるんですかね」

「いくらだろう」

「と言いつつ、恥ずかしながら、ちょっと調べちゃいました。あくまでも平均ですけど、専務なら二千四百万、常務でも千八百万ぐらいはもらえるみたいです。平均でそれだから、ウチなら二千万は超えるでしょうね。二千万。うらやましいですよ」

「辻岡くんもそこを目指しなよ」

「無理ですよ。僕はとっくにシフトチェンジしてます。出世だの何だのはもうあきらめてますよ。今思えば、三十五ぐらいの時にあきらめたんですかね。その歳になれば、自分の能力の限界も見えますし。嫁にも言ってますよ、あきらめたからって」

「奥さんは、何と？」

「そう、と。初めから期待してなかったみたいですね。淡々としたもんですよ。でも、何か救われました。肩の力が抜けたというか。ちょっと前に子どもが生まれてたのも大きかったのかな。出世はあきらめるけど、手は抜かない。この子のためにもなるから、仕事はちゃんとがんばろう。そんなふうに、上手く切り換えられました」

「わかるよ」

本当にわかる。おれは、その大事な子どもを手放す羽目になってしまったが。

「この歳になると、一年なんてあっという間じゃないですか。子ども、すぐに大きくなっちゃうんですよね。だから、なるべく一緒に過ごすようにしてます。今は、子どものサッカーのコーチまでやってますよ」

「そうなの？」

「はい。こう見えて、少年サッカークラブのコーチです。荒川沿いのグラウンドで土日と祝日にやってますよ。自分の子がいる四年生のチームを見てます」

「辻岡くん、ちょっとはやってたんだっけ。サッカー」

「いえ、まったくです。なのにやってます。お父さんコーチ。要するに世話役ですね。コーチという名の雑用係」

「ライセンスは持ってるの？」

「コーチのはないですけど、審判員４級の資格はとりました。それがないと試合の審判ができないんで。技術を教えるのは若い人にやってもらってますよ。三十代の、チーム出身者。上手いですよ。だから一対一の相手にはならないようにしてます。こてんぱんにやられるから。まあ、子どもたちにも、こてんぱんにやられるんですけど」

おれもサッカーは好きだったので、隆吾にやらせようかと思った。が、実現はしなかった。離婚してしまったからだ。

「何年生からやってるの？　三年生から。お子さん」

「一昨年《おととし》からですね。にしては、結構上手いですよ。でも上には上がいます。チームのエースの子なんて、ほんと、上手いです。四年生なのに、たまに六年生と交ざってやったりしてますよ。一時期は、その子に追いつけって、ウチのに発破《はっぱ》をかけたりしてたんですけど。もう、そういうのもやめました」

「そういうの、とは？」

「変に期待をすること、ですかね」

「期待ぐらいは、していいんじゃない？」

「自分の内にとどめておくならいいですけど。子どもを無理にがんばらせるのはちがうかなと。ズルいですよね、そんなの。自分は駄目だったくせに子どもには期待するなんて」

「まあねぇ」

「そうそう。そのチーム、リーベルから名前をもらってるんですよ。アルゼンチンの」

「リバープレート？」

「はい。河川敷って意味で、リバーベッドです。リバーベッドＳＣ。休みの日に早起きするのはつらいけど、結構楽しいですよ。嫁との会話も増えましたしね。子どものことだと、やっぱり話しますから。明日もチームの試合ですよ。車で送り迎えしなきゃいけない。だから金曜なのに深酒はできないんですよね。人様の子も乗せるんで、飲酒運転になっちゃマズいですから」

「そうだね。そこは自制しないと」

「まあ、子どもたちのためと思えば、できちゃいますけどね」

丸みを帯びてふっくらした辻岡くんの顔を見て、二十年経ったのだな、と思う。二十二歳の新入社員だった辻岡くんは四十二歳になり、五十二歳になったおれと子どもの話をしている。

サバ味噌煮定食を食べ終え、お代わりをもらったお茶をゆっくり飲んで、店を出た。

代金はおれが払った。いや、いいですよ、と辻岡くんは言ったが、たまにはいいよ、と受け流した。

「すいません。僕が誘ったのに。ごちそうさまです」

「いずれ飲みにでも行こうよ」

「いいですね。ぜひ」

「でも金曜は無理か」

「土曜にアウェイでの試合がなきゃ大丈夫です」

「すごいね。まさにコーチだ」

「リフティングは五回しかできませんけどね」

急に曇ってきましたよ、夕方からは雨らしいよ、などと言い合いながら、坂を上って会社へ戻り、辻岡くんと別れた。

午前中から続けていた事務仕事を片づけて会社を出たのが午後七時半。予報通りに降りだした雨のなか、八時すぎに自宅マンションに着く。

居間に入った途端《とたん》、待ち構えていたかのように電話がかかってきた。

〈土佐晴乃〉

出た。

「もしもし」

「もしもし。田村さん？」

「ああ」

晴乃はおれを田村さんと呼ぶ。元妻だから、そうするしかないのだ。初めはぎこちなく感じたが、じき慣れた。慣れたのが、十年以上前だ。

「今、話せる？」

「大丈夫」

「昨日、隆吾とご飯を食べたんだって？」

「うん」

「それはごちそうさまでした」

「いや、いいよ」

間宮理弥絡みのことでかけてきたのかと思った。何らかの理由で晴乃もそれを知ってしまったのかと。ちがうらしい。

「二人でご飯て、ちょっと驚いた」

「よかった、よな？　行って」

「いいわよ、別に」

「何か用事？」

「いえ。一応、ごちそうさまを言っておこうと思って」

「隆吾は今、アルバイト？」

「休みのはず。今日も車で出かけてるんじゃないかな」

聞き流しかけたが、とどまった。微かな引っかかりを覚えて。

「今日も？」

「ええ」

「昨日も車で出かけた？」

「だから、一緒にご飯を食べたんでしょ？」

「あぁ。うん。隆吾は、車で帰ってきたんだよな？」

「もちろん。帰ってきた時に、どこ行ってたの？　って訊いたら、お父さんとご飯食べてきたって」

「そうか」

参った。昨日、隆吾は車で来ていたのだ。そして車で帰ったのだ。つまり、飲酒運転で。ちょっとだからいい、と思ったのだろう。飲んで運転してもいいよな、と。

晴乃にはそのことを伏せた。何故かはよくわからない。自分が飲ませてしまったから、かもしれない。

晴乃との通話をすぐに切りあげると、おれは隆吾に電話をかけた。出なかったら何度もかけるつもりでいた。隆吾は一度で出た。

「もしもし」

応答のもしもしは省いて、言う。

「昨日、車で帰ったのか？」

「え？」

「昨日あの後、車を運転して帰ったのか？」

「あぁ。えーと、うん」

「バカ！」

自分が発したその言葉が居間に響く。初めて電話でそんなことを言った。いや、電話に限らない。人にそんな言葉を浴びせること自体が初めてだ。

「ビールを飲んだろう！　飲んで運転しちゃいけないことぐらい知ってるだろう！　事故を起こしたらどうするんだ！　人をはねたらどうするんだ！」

そこまでを一気に言った。そして隆吾の返事を待つ。

「事故は、起こさなかったよ」

「たまたま起こさなかっただけだ。運がよかっただけだ」

「充分気をつけてたし」

「気をつけてると思ってても感覚は鈍るんだ。注意力は下がるんだ」

「でも、そんなには飲んでないし」

「ジョッキ二杯はそう言える量じゃない。完全な飲酒運転だ。酒気帯び運転じゃなく、酒酔い運転と判断されるかもしれない。会社で働いてたら、事故を起こさなくても、それ一発でクビだぞ」

「いいよ。会社では働いてないから」

バカ！　ともう一度言いそうになり、とどまる。どうにか気持ちを抑えて言う。

「なあ、頼むから考えてくれ。車では一度いやな経験をしてるだろう。酒を飲んでなくてもああなることがあると知ってるだろう。後処理はおれとお母さんでもできる。でも無理な運転はしないとか、飲んだら運転はしないとか、そういうことはお前自身にしかできないんだよ。そういうことをしないお前の甘さが、いろんなことにつながるんだよ」

やはりそこまでを一気に言い、隆吾の返事を待つ。

隆吾は黙っている。こちらから呼びかけようとしたところで、ようやく言う。

「わかったよ。じゃあ」

通話が切れる。ツー、ツー、という音が聞こえてくる。つい舌打ちをする。何なんだ、と呟く。スマホを手にしたままウロウロする。玄関と居間とを、何度も行き来する。

いきなり怒鳴りつけたのはマズかった。もう一度電話をかけて、今のはよくなかった、すまなかった、と言おうか。だが隆吾はもう電話に出ないかもしれない。息子に着信拒否されるのはきつい。そうなるくらいならかけない方がいい。

そんなことを考えていたら、いきなりスマホの着信音が鳴った。

画面を見る。表示されているのは、土佐隆吾、でも、土佐晴乃、でもない。

〈春日真波〉

前の二人以上に驚いた。四度のコールで出る。

「もしもし」

「もしもし。田村さんですか？」

「うん。春日さん？」

「はい。お久しぶりです」

「そうだね。何年ぶり？」

「六年ぶり、ですね。わたしが大学を卒業する時以来だから」

「もうそんなになるか」

「すいません、突然」

「いや、うれしいよ。画面に春日真波さんと出て驚いた」

「残してくれてたんですね、わたしの番号」

「そりゃ残しておくよ。どうしたの？」

「どうしたということもないんですけど。色々あって。田村さんのことを思いだして。それで電話をかけちゃいました」

「そうか。本当にうれしいよ。就職したんだよね？　えーと、人材派遣会社」

「はい」

隆吾のこともあってか、ふと心配になり、こんなことを訊いてしまう。

「辞めたりは、してないよね？」

「はい。大丈夫です。続いてます」

「よかった」

「田村さん、あの」

「ん？」

「お会いできませんか？　会ってお話できませんか？」

「いいよ。いつ？」

「今からは、さすがに無理ですよね？」

「今からか」

「無理ならいいです。すいません」

そう言われ、反射的に言う。

「いや、大丈夫。春日さんは今どこ？」

「銀座です」

「じゃあ、行くよ、銀座まで」

「まだ会社ですか？」

「いや、もう家。でも銀座なら二十分で行けるから」

「いいんですか？　雨なのに」

「うん。明日は休みだし。家に着いたばかりで、まだご飯も食べてない。春日さんは？　もう夕飯は済ませた？」

「いえ、まだです」

「じゃ、一緒に食べよう。何がいい？」

「味噌煮込みうどん」

「おぉ。具体的だね」と笑う。昼もサバ味噌煮定食だったなと思いつつ、同意する。

「味噌煮込みうどん。いいね。寒いし、僕も食べたい。今八時すぎだから、えーと、八時半は厳しいな。八時四十五分でいい？」

「九時でいいですよ」

「じゃあ、九時にしよう。前みたいに、山野楽器の前でいい？」

「いいです」

「じゃ、そこに九時ね」

「はい。すいません。久しぶりなのに、いきなり呼び出しちゃって」

「いいよ。僕も助かる。一人での夕食は寂しいからね。じゃあ」

そう言って、電話を切った。最後のは本音だ。今日は特に寂しい。寂しいというか、やる瀬ない。いつも聴くドビュッシーのピアノ曲をかけても、普段はあまり見ないテレビをつけても、気は紛れないだろう。

着替えはせず、折りたたみから長傘に持ち替えて、すぐにマンションを出た。大通りでタクシーを拾う。

その後部座席で、味噌煮込みうどんが食べられる店をスマホで検索し、三軒ほどに候補を絞った。その上で、タクシーの運転手にも尋ねる。

「ねぇ。銀座でどこか旨い味噌煮込みうどんを食べられるお店、知らない？」

「そうですねぇ」辻岡くんと同年輩の運転手はしばし考え、言う。「あそこは評判がよかったんじゃないかな。専門店じゃないですけど」

そしてその店を教えてくれた。平日は遅くまでやっているという。

調べてみると、よさげな店だったので、すぐに電話をかけた。九時すぎという遅めの時間。予約はすんなりとれた。

運転手にお礼を言い、交差点の手前でタクシーを降りる。

銀座四丁目。和光から少し一丁目側に戻ったところにある山野楽器銀座本店。すでに店は閉まっていたが、その前に待ち人はいた。六年ぶりに会う春日真波。二十二歳だったが、今は二十八歳。

「お久しぶりです。呼び出してしまってすいません」

「久しぶり。本当に春日さんだね」

「偽者だと思ってたんですか？」と真波が笑い、

「少し」とおれも笑う。

雨なので地下道を歩いてもよかったが、店が遠くないこともあり、そのまま地上を歩いていくことにした。

「わたし、傘がなくて」

「じゃあ、僕のを貸すよ」

「いえ、それは。もしおいやでなかったら、一緒に入れてください」

「春日さんがよければ」

相合傘をした。男性ものの中でも大きなタイプなので、二人で入ってもさして濡れることはなかった。

おれが店を予約したことを話すと、真波はやけに喜んだ。

「さっきお誘いしたばかりなのに。感激です」

「大げさだよ」

「大げさじゃないですよ。そういうことがきちんとできない人、いますもん」

「二、三分あればできることなんだけどね」

「そのひと手間をかけられないんですよ、そんな人は。その二、三分をスマホのゲームに充てちゃう」

店には五分ほどで着いた。田村様ですね、とテーブル席に案内された。四人掛け。広々とした席だ。

タクシーの運転手の情報が正しかったことは、三十分後に判明した。

味噌煮込みうどんはとても旨かった。独特な赤味噌。昼にサバの味噌煮を食べていたことがちっとも気にならなかった。冷たいビールを飲みながら熱い煮込みうどんを食べると、気持ちもどうにか落ちついた。心にかかっていた靄《もや》が少し晴れた。食は大事だ、とあらためて思う。空腹を満たすだけでは駄目。旨いものを食べることに、やはり意味はあるのだ。

「わたし、彼氏と別れたんですよ」と真波が言う。

まあ、そんなとこだろう、と思ってはいた。何かあったから一人で帰るのがいやになり、おれに電話をかけてきたのだろう、と。

その彼氏はひどく自分勝手で、ああしてほしいこうしてほしいと要求ばかりを突きつけてきたそうだ。真波のこういうところが駄目、ああいうところも駄目、とそんな言い方もしたらしい。

彼氏には彼氏の言い分もあるだろう。だがそんなことは言わず、おれはただ真波の話を聞いた。アドバイスなどしない。そんなものは、求められた時にだけすればいい。

若い人の話を聞くのが楽しいと感じるようになったのは、四十を過ぎたあたりからだ。自分が三十代のころは、二十代を異世代の人として見るだけだった。だが四十を過ぎると、ある程度距離を置いて向き合えるようになった。自分に近い世代というよりは息子に近い世代。そう見られるようになったのだ。

隆吾を手放してしまったせいか、その世代の人と話してみたいと思った。そんな時に、パパ活なるものがあることを知った。若い女性と食事や買物をする。体の関係はなし。というものだ。悪くない気がした。体の関係が絡むと、結局は人の関係も変わってしまう。そうならないのはいい。

そして巡り合ったのが、この真波だ。

その前にも何人かと会ったが、合わなかった。どう言えばいいかわからない。ただ合わなかった。そういうのは、一度会うだけでわかった。真波は、おれ世代が好みそうな清楚《せいそ》な子、というわけではない。気遣いができるいい子、というわけでもない。ただ合った。そうとしか言えない。

大学四年になり、真波は人材派遣会社への就職を決めた。その後、大学を卒業するのを機に会うのはやめた。やめよう、とおれが言った。おれが自ら言ったことで、真波はほっとしたように見えた。

だからもう会うことはないと思っていたのだが。こうなったらなったでうれしい。あれから六年。きちんと終わりにした上での再会。いわば同窓会のようなものだ。

「田村さん、今いらっしゃるのは前と同じ部署ですか？」

「部署は同じ。部長になったよ」

「すごい。おめでとうございます」

「いやいや」

部長。言葉がするりと出たことに自分でも驚く。一方で、やはりこうなってしまったか、とも思う。

六年前に真波と会っていた時のおれは課長だった。当時は四十六歳で、今は五十二歳。部長になっていてもおかしくない。なっていなければ、もうなれないのかと思われてもおかしくない。だからつい言ってしまった。

自分は見栄など張るタイプではないと思っていた。が、真波と会うようになって、歳下の女性にはやはり張るのだとわかった。すべてにおいてではないが、張れる見栄は張ってしまうのだと。

おれは部長ではない。実は課長でもない。降格したわけではない。課長になったことがないのだ。四十歳からずっと係長。年齢が十も上だからランチをおごったが、役職は辻岡くんと同じだ。

同期の川上のことが頭をよぎり、部長だが執行役員にもなったと言ってしまおうかと思った。が、それはとどまった。会社のホームページを見られたらバレてしまうからだ。執行役員になると、役員紹介の欄《らん》に名前だけは載る。

熱いうどんをすすり、冷たいビールを飲む。ふと気づく。女子大生のパパ活相手になっていた自分も、女子高生と付き合っていた隆吾と大差はないのだと。いや。大差はないどころでなく、はっきり同類と言うべきかもしれない。他人から見れば、こうだ。自分よりずっと歳下の女性に惹かれる父と子。ただのスケベ親子。苦々しい。

幸い、真波はおれが部長になったことに対して何も言ってこない。昇進したことを聞いただけで満足したらしく、すぐに他の話題に移る。実家で飼っている犬の話だ。名前は武蔵だという。

「武蔵はいいね」と笑った。「犬なら龍馬より武蔵だよ」

「でも名前だけ。バカ犬ですよ。たまにわたしのことまで嚙みますもん。田村さんは、犬を飼ってたことありますか？」

「あぁ。そういえば、あるよ」

昔のことなので、そんな言い方になった。まだ田村家が三人だったころ、晴乃と隆吾と一緒に住んでいた時の話だ。だから十五年以上前。隆吾が小学校に上がったのを機に飼いだした。

「種類は何ですか？」

「マルチーズ。室内犬。その時はペット可のマンションにいたから。まだ結婚してたしね」

かつて結婚していたことは、すでに話していた。隠すことでもないので。

「名前は何ですか？」

「マルタ」

「へぇ。かわいい。漢字ですか？　それとも、ひらがな？」

「カタカナだよ。和名の丸太とかじゃなく、『マルタの鷹』のマルタ」

「マルタのタカ？」

「地中海にマルタ島ってあるでしょ？　そのマルタ。マルチーズはそもそもそこが原産なの。それで名前もマルタ」

「あぁ。会社の友だちがそこに旅行したことがありますよ。いいとこの息子さんと結婚した友だち。でも知りませんでした。マルチーズって、そこの出なんですね」

「そう。人なつっこくて従順だからさ、すごく飼いやすかったよ」

「いいなぁ。うらやましい。わたしもタワーマンションとかに住んで、そういう犬を飼いたいですよ」

「まあ、四年で別れちゃったけどね」

「ほら、僕が離婚したから。マルタも息子も、妻に引きとられた」

「どうしてですか？」

「あぁ」

「だから死に目にも会えなかったよ。聞いたのは、半年ぐらい経ってからだった」

年に一度は会わせてもらうことになっていた隆吾に聞いたのだ。マルタは死んじゃったよ、と。

「それは、つらいですね」

「どうだろう。その時に聞かされてた方がつらかったような気もするけど」

「あぁ。それもそうかも」

犬の話の次は、傘の話になった。雨なのに真波が傘を持っていなかったことについての話だ。

雨が降ることは予報で知っていたから折りたたみ傘を持ってきてはいたのだが、壊れたのだという。正しくは、自分で壊した。彼氏と別れたことでムシャクシャし、開いた傘をガードレールに叩きつけてしまったのだ。

「ほんとに？」

「はい。恥ずかしいですけど」

しかもその傘は、前におれがあげた物だという。

「ほんとに？」

「はい。だから余計に恥ずかしいです、そんなことしちゃって」

壊してすぐに後悔し、真波はリペアショップにその傘を持ちこんだ。が、そこの店員にもう閉店時間を過ぎていると冷たくあしらわれ、修理には出せなかったという。

それを聞いて、おれは言った。

「うれしいな。正直に言うと、その傘のことは忘れてたよ。でも言われて思いだした。あげたのは八年前だよね。僕自身、一つの傘をそんなに長く使ったことはないよ」

本当にうれしかった。贈った物を使ってもらえるのは気分がいい。まして八年も。

こういうところも隆吾に足りない部分だと思う。いやな言い方になるが。昨日、就職祝にあげた腕時計をはめてでもいれば、簡単におれを喜ばすことができたのだ。でも隆吾はそこまで気が回らない。そんなことは思いつきもしない。

うどんを食べ、ビールを飲み終えたのは午後十時半だった。

一応はうどん屋。長居するわけにもいかないので、真波と二人、席を立った。

「わたしが誘ったんだからせめて自分の分は払いますよ」

真波はそう言ったが、そんなことはさせず、おれが代金を払った。ついでに、傘がないんだから、と帰りのタクシー代もあげた。一万円にするか迷ったが、料金は深夜割増になるはずなので、二万円を渡した。部長ならそのくらいはしなければ、と思って。

うどんを食べて落ちついた。それはよかったのだが、落ちついたら落ちついたで、どっと疲れが出た。こうなるともう駄目だ。二軒めなど行けない。四十代でもすでにそうだったが、五十代だと、そこからの踏んばりは利かない。

自分に言い聞かせるように、真波に言う。

「いやなことがあった日は無理をしないでゆっくり休めばいいよ」

「ありがとうございます。ごちそうさまでした」真波はこう言い足す。「傘はよその店で必ず直します」

「じゃあ、その修理代は僕が出すよ」

そう返すと、真波は笑った。女性の笑みはやはりいい。そう思った。

この日はそれで別れた。

真波はつい自棄《やけ》になっておれに声をかけてきただけ。その後はないだろうと思っていた。

あった。

真波は再びおれに声をかけてきた。電話ではなく、メールでだ。

〈またお会いできませんか？〉

〈ぜひ。今度は何が食べたい？〉

〈パスタがいいです〉

金曜日の午後七時。またしても山野楽器銀座本店の前で待ち合わせをした。

今回はイタリア料理店に連れていった。もちろん、予約はしておいた。そこで生ウニのパスタを食べてワインを一杯飲んだ後、バーに移った。ビルの六階にある店だ。今日は初めからそうするつもりでいた。五十二歳でも、事前にわかっていれば調整はできる。

真波は副島衣沙という友人のことをおれに話した。会社の同期。大手広告代理店の社員と結婚し、順風満帆だという。マルタ島に旅行したことがある会社の友だち、がその衣沙だ。今は中央区勝どきの分譲マンションに住んでいる。そこでトイプードルを飼っている。

そんな恵まれた状況にいながら、衣沙は会社の上司と不倫をしているらしい。一度終わったのに、関係を復活させたのだ。そして驚いたことに、真波はそれについての告発メールを人事課宛に出そうと思っているという。

やめた方がいい、とおれは止めた。それをすることは春日さん自身のためにならないから、と。

本音だった。隆吾のようになってはいけない。考えて行動しなければいけない。それをしたところで、真波にとっていいことは一つもないのだ。一時的に気が晴れる。それだけ。後々、何故あんなことをしたのかと思うようになる。

最終的に真波がどんな決断を下したのか。そこまでは知らない。それを尋ねる代わりにおれは言った。

「ねぇ、春日さん」

「はい」

「また前みたいに会ってくれないかな？」

「前みたいにっていうのは、わたしが大学生だったころみたいにっていうことですか？」

「うん。春日さんはもう学生じゃなくて僕と同じ社会人。あのころよりは近づいてもいいんじゃないかと思う。僕自身が、近づきたい」

同じく本音だった。考えて行動したかは、わからない。おれにも逃げ場があってていいだろう。そんな気持ちがただあった。

「それは、愛人契約を交わす、みたいなことですか？」

「そうとってもらって構わないよ」

「本気ですか？」

「そう聞こえない？」

「聞こえるからこそ、確認したいんですよ」

笑った。笑いつつ、少し残念に思った。結局はこの程度の男でしかないことを自ら明かしてしまったかと。メッキは剝《は》がれてしまったかと。


高校三年生だったのは、もう三十四年も前。

その時期の一年間たまたま同じクラスにいただけで今も会うというのはすごいことだな。と思いつつ、銀座の居酒屋に入る。主に海鮮料理を出す店だ。

服装は、ジャケットにスラックス。中はボタンダウンのシャツ。色はライトグレー。ネクタイはなし。

同窓会は同窓会だが、学年単位で定期的に開催される類ではない。クラス単位の、有志たちでやるそれ。だから開催は不定期。日時もたいていは幹事の都合で決まる。それでも、均《なら》してみれば五年に一度ぐらいは開かれている。一応、全員に声をかけるらしい。おれは出たり出なかったり。今回は用事がなかったので、出席することにした。

個室の座敷へと案内され、掘り炬燵《ごたつ》の席に座る。少し早めに着いたので、両隣は後から埋まった。左が沼《ぬま》くんで、右が国崎さん。

沼くんとは、あまり親しくなかった。高校生の時はほとんどしゃべらなかったはずだ。嫌い合っていたわけではない。交わらないだけ。受け入れてはいた。中学はともかく、高校ではクラスメイトとそんな間柄になることが多かった。今は普通にしゃべる。何なら親しげにしゃべることもできる。歳をとったのだと思う。

一方、右隣の国崎さんとは、よくしゃべっていた。教室の席が隣になったこともあるし、確か二年生の時のクラスも同じだった。

「田村くん、わたしのこと覚えてます？」と、くん付けなのに敬語で訊かれる。

「もちろん」と答える。「国崎友恵《ともえ》さんでしょ？」

「正解」

「えーと、今の名字は、何？」

「国崎。変わってないんじゃなくて。戻ったの」

「そうか」

女性はそういうことがあるから、訊き方には気を使う。同窓会では皆旧姓で呼べばいいのかもしれないが、結婚して十年も二十年も経っている女性に対してそうするのもおかしなものだ。だからやはり訊いてしまう。

「僕も女性ならそうなってたよ。男だから田村のままでいられるけど」

「前に聞いたことがある。田村くんもそうなんだってね」

「うん。十五年前だよ、別れたのは」

「わたしは九年前。息子が中学生になる時」

「僕は、息子が四年生の時。学期の途中。きりのいいタイミングにはできなかった」

「普通そうでしょ。わたしはたまたま。ちょっとは急いだけど。一ヵ月ぐらいは」

「入学して一ヵ月で名字が変わるのは、きついもんね」

「そう。だからって、あちらの名字でいくのもいやだし」

晴乃もそうだった。名字を田村から土佐へ躊躇《ちゅうちょ》なく変えた。隆吾にも学期途中で変えさせた。

そこでようやく午後六時になり、会の幹事が乾杯の音頭《おんど》をとった。

「我々もいつの間にか五十代。節度をもって楽しみましょう。では乾杯！」

あちこちでグラスを当てる音が鳴る。おれも沼くんと友恵と当てた。

すでに卓に並べられていた枝豆やら酢の物やらの他、刺身の盛り合わせなどが相次いで届けられる。各自それを食べながら、そしてお酒を飲みながら、あれこれ話をする。

出席者は二十人ちょうど。クラスは四十五人だったから、半分弱。この歳でのそれはかなりいい方だろう。そもそも、同窓会をやらないクラスだってあるのだ。まあ、出席する顔ぶれはだいたい決まっている。来る者は毎回来るし、来ない者は一度も来ない。

年度末に近い二月。すでにほとんどが五十二歳。さすがに、皆、老けた。若く見えるにしても限度がある。せいぜい四十代半ば。三十代に見える者はいない。その代わり六十代に見える者もいないが、これからは何人も出てくるだろう。おれがそうならないとも言えない。そうならないためにも、真波のような若い女性と定期的に話すことも必要だ。

沼くんは反対隣の名前を思いだせない女性と話しているので、おれは友恵と話す。

「この会には、よく来てた？」

「いえ。二度め。前に来たのは三十代のころ。田村くんは？」

「二回に一回は来てるのかな」

「じゃあ、わたしが来た時は、来ない方の一回だ。会った記憶がないから」

「たぶん、そうだね」

つまみを食べ、ビールを飲む。グラスが空くと、友恵が注いでくれる。友恵のグラスはなかなか空かないが、空けば注ぎ返す。

「田村くんも、子どもは息子さんなのね。今、いくつ？」

「二十五」

「わたしの息子より四歳上だ」

「今、二十一？」

「ええ。今度大学四年生」

「じゃあ、就職活動だ」

「そうなの。来月から始まる。苦戦しそう」

「でも今は学生の売り手市場だよね。内定率も過去最高だとか、ニュースでやってるし」

「ウチの子が志望する業界は、狭き門だから」

「マスコミとか？」

「出版と印刷」

「あ、そう。僕も印刷だよ」

「え、そうなの？　どこ？」

社名を挙げた。

「大手！　すごい！」

「すごくはないよ。規模が大きいだけ」

「社員さん、全部で何人ぐらいいるの？」

「最近は色々手を広げてるから、一万ぐらいいなのかな」

「田村くんは今、どんな部署に？」

「出版関係の事業部」

「もしかして部長さんか何か？」

そこでも、川上のことが頭をよぎる。真波にもそう言ったように、部長、と言ってしまおうか。だが理性がおれを引き戻す。理性がというよりは、警戒心がだ。同窓会の席で言うのはリスクが高い。皆、五十代。それなりに人脈もあるだろう。どこでどう話がつながるかわからない。

即座に切り換えて、こう返事をした。

「僕なんかは全然。いまだに係長だよ。この先もずっと係長で、定年かな。で、その後の再雇用で細々とやっていくしかないよ」

切り換えたも何もない。要するにそれがおれの実像だ。定年後の再雇用が会社に義務づけられたといっても、どうなるかはわからない。そこで自分に合った仕事を与えてもらえるとは限らない。

「そんな」と友恵が言う。「大手の会社にずっと勤めてるだけで立派じゃない。競争も激しいでしょうし、辞めていく人だっているでしょうし」

「確かに、入れただけでありがたいよ。でも出版はもっと大変だろうね。募集人員が少なくて、本当に間口《まぐち》が狭いから。息子さん、そのための勉強なんかもしてるの？」

「一応、してるみたい。筆記試験の対策をしたり、出版関係のイベントに参加したり」

「そうか。偉いな」とそこはつい本音が出る。

隆吾とはちがうようだ。うらやましい。比べてはいけないが、比べてしまう。

「でもウチの子の大学だと、厳しそう」

「どこ？」

答が来る。決して悪い学校ではない。上場企業にも就職できるだろう。だが出版の大手となると、確かにちょっと厳しいかもしれない。

「でも出版は、面接なんかも重視するだろうからね」

無意味な意見だ。面接を重視しない会社などない。どの業界にもない。

「本当にそうだといいんだけど」

「充分いい大学に行ってるじゃない。息子さんも偉いけど、国崎さんも偉いよ。一人で育てて私大にまでやるなんて」

「全然、全然。生活をひたすら切り詰めてるだけ。切り詰めは今なお継続中」

友恵は家政婦の仕事をしているという。住み込みではなく、通い。今勤めているのは、おれと同世代の息子が母親と二人で暮らすお宅。かなり裕福な家らしい。

それからも、あれこれ話をした。

高校時代の話。住んでいた町の話。双方が覚えているものもあったが、片方しか覚えていないものもあった。例えばおれは文化祭のことをよく覚えていたが、体育祭のことは忘れていた。友恵はその反対だった。学校の行事で何か覚えていても、それが三年生の時の出来事なのか二年生の時の出来事なのかがわからないこともあった。そんな時はおれの隣の沼くんに確認した。沼くんは沼くんで、そのことをまるで覚えていなかったりした。

そして一時間が過ぎたころ、友恵がおれに言った。

「ねぇ、田村くん。お願いがあるんだけど」

「何？」

「口を利いてもらえないかな」

「え？」

「ウチの息子を、田村くんの会社に入れてもらえないかな」

「あぁ」と言い、ビールから切り換えていた麦焼酎のお湯割りを飲む。

「田村くんがそこにお勤めだと知って、ずっと考えてたの。息子、最近は出版より印刷に行きたいみたいだし」と友恵は言う。「だから、駄目元で言っちゃった。駄目元は駄目元だけど、本気は本気なの。ものすごく本気」

「それは、伝わるよ」

「わたし、息子が中学に上がってから今まで、ずーっと何もしてやれてないの」

「そんなことないでしょ」

「なくない」と友恵は首を横に振る。三度も四度も振る。「本当に何もしてやれてない。お小遣いもロクにあげられてないし、お誕生日のプレゼントもロクにあげられてない。ケータイだって、持たせたのは高校から。大学生になってからは、あの子、毎月の料金を自分のアルバイト代で払ってる。しかも家族契約だからっていうんで、わたしの分まで払ってくれてる。アルバイトは、高校生の時からもうしてくれてたし」

「でも一人で育て上げただけで、充分立派だよ」と、そんなありきたりなことしか言えない。

ありきたりだが、紛れもない事実だ。それは晴乃も同じ。立派としか言えない。おれが隆吾を引きとって、働きながら育てられたか。無理だ。

「あの子、がんばって国立大に入ろうとしてくれたんだけど、高校生活がそんなだから、そこには受からなくて。で、受からなかったことをわたしに謝ったりもして。そんなことで息子に謝らせてる自分が、わたし、ほんとに情けなくて」

いい息子さんなのだろうな、と思う。やはり隆吾とはちがう。高校時代、隆吾はアルバイトなどしなかった。それを二十五の今、している。

「だから社会に出て独り立ちする前に、何か一つくらい、あの子のためになることをしてやりたくて。こんなの、田村くんにお願いしていいことじゃないんだけど」

最後に何か一つくらい、ということか。そうできる機会を、ここで見つけてしまったわけだ。この同窓会の席で。

「僕は、ただの係長だからなぁ」

言いながら、考える。

友恵の気持ちはわからないでもない。おれも同じことをしたかもしれない。友人が隆吾の行きたい会社で働いていたら。その友人と同窓会で会ったら。

隆吾が就職活動を迎えた時、実は人事にお願いすることも検討した。川上も去年そうしたのだから自分もそうしてみようかと。だが隆吾の大学ではランク的に無理だと判断し、とどまった。すぐに川上が総務部長になり、だったらお願いぐらいはしておけばよかったと後悔したが、隆吾が追突事故を起こしたことでその後悔も消えた。

友恵が横から言う。

「お金を出すから、お願い」

驚いて、そちらを見る。すぐそこに友恵の顔がある。おれだけに聞こえるよう、耳もとで言ったのだ。その顔に笑みはない。真顔。

「あぁ」

またしても、考える。

真波には、自分が部長だと言ってしまった。愛人契約の提案までしてしまった。拒《こば》まれなかった。うれしかったが、不安もある。そう。お金だ。

養育費の支払いは、隆吾の大学卒業をもって終わった。二十歳で終わりにしてもよかったが、大学卒業までは続けた。おれ自身がそうしたかったからだ。

五十二歳、独身。貯金がないことはない。だが真波に毎月十万単位のお金を渡すのはきつい。今となっては、間宮に百万も払ったことが恨めしい。本物の部長ならどうにかなったかもしれないが、現実、おれは係長でしかない。

口を利く代わりに謝礼をもらう。決しておかしなことではない。川上に頼むことで、どうにかなるかもしれない。自分の息子ではない。他人の息子。むしろ頼みやすい。話を聞く限り、友恵の息子は出来た人間であるようだし。

川上が難色を示すようなら、その中からいくらか渡してもいい。おそらく難色は示さない。川上にしてみれば、おれは単なる同期ではなく、秘密を知られている同期だから。

まあ、大した秘密ではない。昔の話だ。二十九年も前の話。

入社したころは、いわゆるバブル期の真っただ中だった。会社は多くの社員をとっていたため、同期も多かった。おれの代は仲がよかった。よく合コンもした。たまには取引先の子たちともした。川上がその内の一人と仲よくなり、妊娠させた。で、堕ろさせた。強制的にではない。あちらも同意していた。費用はすべて川上が出した。

ただそれだけの話。今さらどうこうでもない。暴露されたところで、川上には痛手でもない。だが相手が取引先の社員だったとなれば、印象はよくない。川上も、知られたくはないだろう。もう何年も川上とその話はしていない。川上もしないし、おれもしない。が、おれがそのことを知っていることを、川上は知っている。意識はしていると思う。それは今でも。

「息子さん、インターンシップには参加したのかな」と友恵に尋ねてみる。

「したみたい」と答が来る。「印刷業界の中では田村くんのところが第一志望だから」

ウチの場合、確かエントリーシート提出の締切が三月末。その後、筆記試験や適性検査などを経て、一次面接に進む。三次が最終だったはずだ。川上に頼めばどこがどうなるのか。少なくとも面接にはたどり着けるだろう。その先は友恵の息子自身の力が大きいが、ある程度はどうにかなるかもしれない。

それとなく周りを見る。沼くんは反対隣の女性と話している。他の者たちも、それぞれに語らっている。誰一人、こちらを見てはいない。

「国崎さん」声をやや潜めておれは言う。「この後、話せるかな。二次会でということじゃなく、どこか喫茶店ででも」

「ええ」と友恵は言う。「二次会に出るつもりは初めからないし」

一次会が終わると、他の二次会不参加者たちとともにまずは駅へ向かった。そして皆と別れ、回り道をして、あらかじめ友恵に伝えておいた喫茶店に行った。

移動する間に考えた。

友恵は元同級生。もう少し言えば、高校時代にクラスが同じだっただけの人。縁はあるが、義理はない。あちらがこちらを利用しようとしているのだから、こちらがあちらを利用してもいいだろう。

二人、喫茶店にはほぼ同時に着いた。テーブルを挟んで向かい合わせに座る。

おれは友恵に言った。

「国崎さんは、本気だよね？」

「もちろん」

「だったら、何とかするよ」間を置かずに続ける。「百万で、いいかな？」

「百万」と友恵が復唱する。そして自分に言い聞かせるように、もう一度。「百万」

高すぎるとおれ自身思っている。間宮との時は、五十万から百万に上乗せした。今は逆を行く。

「いや。五十万。それでどうにかしてみる。でも、絶対に息子さんを入れるという保証はできない」

無理だったら返すよ、とは言わない。交渉とはそういうものだ。後で返すにしても、その時に言えばいい。

友恵は言う。最後はまた敬語で。

「わかりました」

一週間後にもう一度会う約束をして、店を出た。

土曜日の夜。いつもよりは人が少ない銀座の裏通りで、友恵と別れる。おかしな形で、同窓会は終わる。

やってしまった。同期を告発するメールを出そうとした真波のことは止めたのに。


久しぶりに晴乃と会ったのは数日後のことだ。

その前日に電話をかけてきて、晴乃は言った。

「ねぇ、会いたいんだけど」

「何かあるのか?」とつい訊いてしまった。隆吾がまた何かしでかしたのかと思って。

「何かあるのよ」と晴乃は答えた。「いつ会える? 明日は?」

「仕事だよ」

「時間をつくってよ。その仕事の話だから」

本当にそうだった。晴乃が勤める女性下着メーカーがカタログの印刷を任せてくれるというのだ。晴乃主導で。

　電話が来た翌日、待ち合わせた銀座の喫茶店でその話を聞いた時は驚いた。指定された喫茶店が、数日前に友恵と入ったのと同じ店であったことにも驚いたが、話そのものにはもっと驚いた。渡された名刺の肩書は、シニアマネージャー。社員としてある程度の決定権を持たされるまでに、晴乃は出世していたのだ。

「これ、あなたの成績になるでしょ？」

「ああ。でも、いいのか？」

「いいわよ。どうせどこかには頼まなきゃいけないし。それに、ほら、隆吾の事故の時に動いてくれたお礼も、ちゃんとしてなかったから」

「そんなのはいいよ。おれだって、一応」と、そこで言葉に詰まる。

「父親だもんね」と晴乃が言ってくれる。

「こんな形でお礼をしてくれるのか」

「わたしがあなたに何か物をあげるっていうのも変だしね」

「こんなことをして、大丈夫なのか？」

「何が？」

「知り合いの会社だから頼んだ、みたいなことを言われるんじゃないかと思って」

「知り合いの会社には頼むでしょ、普通。現夫ならマズいけど、元夫だから大丈夫よ。勘繰られないよう、その辺は上手くやるし」

友恵との件を思いだしてしまってどうにも落ちつかないその喫茶店で、晴乃はこんなことも言う。

「聞いた」

「何を？」

「全部。隆吾から。電話であなたに怒鳴られたって言ってた」

「車のことを、話したのか。えーと、飲酒運転したことを」

「そう。後は、女子高生と付き合ったことも。あなたが謝りに行ってくれたことも」

「そこまでか」

「あの子、不安になったみたい。いつか何か言ってくるんじゃないかって。相手、結構めんどくさそうな人なんでしょ？」

「まあ、そうだな。事故の時の萩尾さんとはちがうよ。それでも、もう大丈夫だとは思うけど」

「話を聞いた限りでは、わたしもそう思う。そういう判断がまだできないのよね、あの子」

「そう、だな」

晴乃はコーヒーを一口飲み、カップをソーサーに置く。静かに置く。間宮のようにガチャンとではなく。

「初めてお父さんと飲むお酒だから断りたくなかったんだって。あの時。あなたとご飯を食べた時」

おれがメシだと言うからには、ただのメシ。酒はなし。そう思っていたということか。

「だとしても。車を置いて帰ればいいだけのことなんだけどね。そういう判断も、まだできない。失敗したのかな、子育て」

「そんなことは、ないだろ」

「間が気になる」

「ん？」

「そんなことはないだろって、一気に言ってよ。そんなことは、ないだろ。じゃなく」

「あぁ」と言って、笑う。

晴乃も笑う。

「就職活動を始めるって」

「そうか。それは、よかった。じゃなくて。それはよかった」

「時期的に新卒の人たちとかち合っちゃうのにね。その辺がまた不器用」

「でもよかった」

「まあね。これからも、色々アドバイスしてやってよ」

「いいのか？」

「いいわよ」

「じゃあ、適度に」

おれもコーヒーを飲み、カップを静かに置く。ガチャンとはならないように。

友恵と来た時は話すことに気をとられてあまり感じなかったが、この店のコーヒーも旨い。間宮と話した新宿の喫茶店にはもう行かないが、ここならまた来てもいいかもしれない。

これからも、チクチク刺されはするのだと思う。

でもその針が息子なら、我慢できる。

縁　―HERI―

世の中には格差がある。
車を持てない人もいれば、三台持てる人もいる。
それぞれ事情がちがうから、そうなるのはしかたない。
妬《ねた》んだりはしない。ただ。
持てない側にもいいことがあっていい。
一つぐらい、望みが叶えられてもいい。

「見て。このセーター、いいでしょ」と兼松豊子《とよこ》さんが言う。「わたし、ほんとは白いセーターが好きなのよ。でも白は汚れが目立つから駄目なの。食べこぼしの染みなんかが目立つから。ほら、セーターって、洗うのが大変じゃない。たいていのものは家じゃ洗えないし。そうなったら、クリーニングに出すしかないでしょ？　でもそうやって何度も出してると、すぐに生地が傷んじゃうのよ。ふんわりしてたものが、ゴワゴワしてきちゃったり。カシミヤのセーターは高くて質がいいけど、高くて質がいいから駄目にならないってことではないのね。だから考えちゃうわよ。でも買っちゃうけど。カシミヤは、やっぱり着心地がいいものね。あ、そうそう。この話、友恵さんにしたかしら。カシミヤといえばね、知り合いに樫宮《かしみや》さんていう人がいて、あだ名がセーターなの。ご主人も会社でセーターって呼ばれてるらしいわよ。人なのにセーターって、ひどいわよね。だから樫宮さん、セーターは着ないの。そのセーターはカシミヤですか？　って言われちゃうから。嘘みたいだけど、ほんとらしいわよ。いやよね、そんな理由でセーターを着られないのは。わたし、樫宮さんと結婚しなくてよかったわよ。兼松なら平気だものね。だから今度またカシミヤのセーターを買おうと思うの。色は白にするつもり。わたし、白いセーターが好きなのよ。でも白は汚れが目立つから駄目なの。食べこぼしの染みが目立っちゃうから」

そのあたりでようやくわたしは相づちを打つ。どこで打ってもいいのだが、今日はそのあたり。ダイニングテーブルを布巾《ふきん》で拭きながら言う。

「そうですよね」

「友恵さん、カシミヤのセーター、持ってる？」

「持ってないです。カシミヤなんて、高くてとてもとても。わたしのは全部、アクリルとかの化繊《かせん》ですよ。スーパーで売ってるような」

「スーパーでセーターを買うの？」

「買いますよ。いつもそうです」

「売ってるの？」

「売ってますよ。大きいとこなら」

「スーパーって、食べ物だけ売ってるんじゃないの？」

「今は色々ありますよ。洋服を扱ってたり、お布団を扱ってたり」

「へぇ。行ってみたいわね」

「そういうスーパーは広いから、歩くだけで疲れちゃいますよ」

「それは困るわねぇ」

豊子さんとの会話はいつもこんな具合だ。とりとめは、ない。でも筋は通っている。

豊子さんはおしゃべりが好きで、基本的に明るい。放っておけば、疲れるまでしゃべっている。近くに誰かがいて、しゃべっていられれば満足なのだ。本当に答が欲しい時は、質問の前後に、友恵さん、が付く。そんな時はきちんと答えてあげればいい。わかりやすい。

幸い、きつい口調で命令してきたりすることはない。いきなり怒りだしたりすることもない。若いころからずっとこうだったのだと思う。ご主人と幸せに暮らしてきたのだ。それについては、今住んでいるこの大きな家を見ればわかる。内装をリフォームした、古くからある一戸建て。６ＬＤＫ。お屋敷、とまではぎりぎりいかないぐらい。

豊子さんは八十二歳。息子の通郎さんと二人で暮らしている。昼間だけ、家政婦のわたしが来る。認知症が始まっているが、介護を必要とするほどではない。身のまわりのことは自分でできるし、足腰も丈夫。骨粗鬆症《こつそしょうしょう》の心配は当面しなくていいと、医師からも言われたそうだ。

ただ、やはり物忘れは多い。同じ話をくり返すのは当たり前。常にではないが、聞いたことをすぐに忘れてしまいもする。言ったことを忘れてしまいもする。

樫宮さんの話も、もう十回は聞いている。樫宮さんは豊子さんの知り合いではない。樫宮さんという名字の人が実在するのかも、わたしは知らない。そもそもは、テレビ番組で芸能人がしていた話なのだ。その番組を見た豊子さんがわたしに話した。初めは、テレビで見たんだけど、と言っていた。それがいつしか自身の知り合いの話になり、そのご主人までもが登場した。

樫宮さんが名字のせいでセーターを着られないというのは、たぶん、豊子さんの創作だ。聞いた時は感心した。本気で笑ってしまった。樫宮さんと結婚しなくてよかったわよ、という言葉は初めて聞いた。これからも、話は少しずつ変わっていくはずだ。豊子さん自身がそれを楽しめればいい。

豊子さんのご主人、兼松六郎《ろくろう》さんは、五年前に亡くなった。大手鉄鋼会社の元専務。仕事には厳しかったが家庭では優しかった、らしい。

六郎さんの話も、豊子さんから何度も聞いている。細かな部分は時々変わったりもするが、核心は変わらない。優しい人。そこは常に一定だ。豊子さんが六郎さんを愛していたことは、言葉の端々から伝わってくる。仲のよいご夫婦だったのだ。経済的にも恵まれていたのだから、本当にうらやましい。

「ねぇ、友恵さん」と豊子さんが言う。「ちょっと金庫を見てくれる？」

「ついこないだ見ましたよ」と、一応、言ってみる。

「あら、そうだった？」

「はい」

「いつ？」

「先週ですね」

「また確認しておきたいのよ、きちんとなってるか」

「でもわたしが金庫に触るわけにはいきませんから」

「構わないわよ。わたし自身がお願いしてるんだし」

「じゃあ、後でやりましょう」

「お願いね」

そして十五分後。わたしが冷蔵庫に入っている物の整理を終えた時。豊子さんは言う。

「ねぇ、友恵さん」

「はい」

「ちょっと金庫を見てくれない？」

十五分前に言った、後で。それがこれ、ということではない。豊子さんの認識では、今初めて言ったことだ。先のやりとりは、もうなかったことになっている。

だからわたしは言う。

「先週も見ましたけど」

「あら、そう。じゃあ、今週も見なきゃ」

「わたしが触るわけにはいきませんよ。金庫は大事な物ですから」

「いいのいいの。わたしは細かい作業が苦手だから、代わりにやって」

今日はこういう日だ。時間が経てばまた忘れるが、また言いだす。豊子さんの頭の中はすでに金庫で占められている。確認しなければ、という義務感が強くあるのだ。

わたしたち家政婦が金庫になど触るべきではない。妙な疑いをかけられたくないから、わたし自身、触りたくない。でも触ったことはある。開けたこともある。

断っても、豊子さんは怒ったりしない。開けろと命じたりもしない。だが何度も断っていると、泣きだしてしまうのだ。これは本当に困る。怒られるよりも困る。頼んだことをしてくれなかったという記憶だけが豊子さんに残り、結果、家政婦として信頼されなくなるのでは。そんな怖さがある。

だから、どうしても断れない時は開けてしまう。開けて、豊子さんの望み通りに確認する。面倒はない。豊子さんは、ただ中身を見たいだけなのだ。

初めて強くお願いされ、泣かれてしまった時。それでも断って、金庫を開けなかった日。わたしは自主的に居残り、通郎さんの帰宅を待って、相談した。これこれこうなってしまったのですが、通郎さんから豊子さんに話していただけないでしょうか、と。

しょうがないなぁ、と通郎さんは優しく笑っていた。そして思いも寄らないことを言った。でも母はそれだけ国崎さんを信用してるんですね。いいですよ。開けちゃってください。母の好きなようにしてやってください。あれは母のものなので、僕が口を出すことでもありません。僕自身、国崎さんのことは信用してますから。

そんな通郎さんが何故結婚しないのか、本当に不思議だ。通郎さんは六郎さんと同じ大手鉄鋼会社の部長さん。どう考えても、できないわけではない。しないのだ。家政婦を雇っているのだからする必要もない。そんなふうに考えているのかもしれない。

そしてさらに十五分後。わたしが床下の収納庫に入っている物の整理を終えた時。豊子さんは言う。

「ねぇ、友恵さん」

「はい」

「ちょっと金庫を確認してほしいんだけど」

「先週確認しましたよ」

「またしたいのよ」

「豊子さんの大事な金庫にわたしは触れませんよ」

「触れるわよ。わたしがいいって言ってるんだから。友恵さんなら安心。何も疑ったりしないわよ」

あきらめた時の常として、わたしは言う。

「通郎さんに開けてもらった方がよくないですか？」

「駄目よ。通郎はお金を見せたらつかっちゃうもの」

「これはわたしのお金だって言えば大丈夫ですよ」

「駄目駄目駄目。ちょうだいって言われたら、わたし、あげちゃうもの」

そうなのだろうな、と思う。通郎さんがちょうだいと言うとは思えないが、豊子さんは、言われたらあげちゃう。

「じゃあ、後で開けましょうか」

「今開けたいのよ」

「今はちょっと手が」

「お願いよ、友恵さん。今開けたいの」

豊子さんの目が涙で滲《にじ》みはじめる。こうなったら仕方ない。

「わかりました。じゃあ、確認しちゃいましょう」

「よかった。ありがとう」そして豊子さんはあっさり言う。「番号はね、一〇三一」

知っている。何度も聞いているから。初めのころは、言わないでください、と言っていた。今はもう言わない。

「一〇三一。これ、何の数字かわかる？」

わかる。でもそこは言う。

「わからないです」

「お父さんの誕生日。十月三十一日生まれなの。この金庫を買った時にそうしたのよ。お父さんはわたしの誕生日にするって言ったんだけど、お父さんの誕生日の方がいいって、わたしが言ったの。お父さんに覚えておいてもらわないと困るからって。そしたらね、お父さん、おれの方が先に死んじゃうから豊子の誕生日にしといた方がいいって。それなら豊子も忘れないからって。だからね、わたしは言ったの。お父さんの誕生日も忘れませんよって。今も、言ってやりたいよ。ほら、忘れなかったでしょって」

これも何度も聞いている。何とも言えない話だ。豊子さん、その番号だけはこの先も忘れないでほしい。

「でもね、豊子さん」とわたしはついくだけた口調で言う。「そういう番号をお誕生日にしておくのは危ないですよ」

「何で？」

「誰にでもすぐわかっちゃうから」

「お父さんの誕生日なんて誰も知らないわよ」

「そうなんですけど。調べればわかりますから」

「どうやって調べるの？　お父さんはいないのに」

そう言われてみれば、そうだ。

「えーと、役所に行ったり、色々な書類を見たり」

「泥棒さんが役所に行くの？」

「役所には行かないかもしれませんけど。誕生日が書かれたものが、何かありますよね？　この家に」

「今、あるかしら」

「とにかく、こういう金庫って番号を変えられますから、通郎さんに言って変えてもらった方がいいですよ」

「そしたらわたしがわからなくなっちゃうよ。お父さんの誕生日でないと忘れちゃう」

豊子さんと二人、和室に入る。豊子さんが寝起きしている部屋だ。

金庫はそこにある。押入れの中に、ではない。畳にそのまま置かれている。板が敷かれているだけ。隠そうとはしていない。したところで、その大きさ。どうせ見つかってしまう。

　作りは頑丈で、火事にも耐えてくれるらしい。家庭用なので、大きくはない。高さは五十センチ程度。だが簡単に持ち去られないよう、重さが五十キロぐらいある。

　あくまでも豊子さん個人の金庫。兼松家のそれではない。兼松家の大事な物は、通郎さんが管理している。すべて銀行の貸金庫に入れられている。

　豊子さんはいつものように、わたしの目の前で、押入れの床に敷いたゴザの下から金庫のカギを取りだす。

「はい、これ」

　受けとったそのカギを挿《さ》してダイヤル錠を回し、最後にカギも回す。カチャリと音がして、扉が開く。

　中には、折りたたみ傘と保険の証書が二通と現金五百万円が入っている。銀行の通帳はない。それは通郎さんが預かっている。一冊だけ、わたしも預かっている。日々の買物をする際にそこからお金を下ろすのだ。明細やスーパーのレシートは後で通郎さんに渡す。

　折りたたみ傘は、豊子さんがかつて六郎さんにもらった物だ。

　その話も聞いている。これ、お父さんが最後にわたしにくれたプレゼントなのよ。

ただね、骨の継ぎ目のところが壊れちゃってるの。もうこれ以上壊れないようにってしまっておいたんだけど、そしたらお父さんが死んじゃった。その後でこっちに移したの。

形見といえば形見。指輪などのアクセサリーでなく折りたたみ傘となるところが豊子さんらしい。それを金庫に入れた豊子さんの気持ちは少しわかる。傘は折りたたみだから、二段ある棚の一つにぴたりと上手く収まるのだ。それを見た時に、これだ、と豊子さんも思ったのだろう。

保険の証書は、豊子さん自身の終身保険と年金保険のものだ。とられたからすぐにどうこうということはないので、この金庫に入れてある。

そして残るもう一つ。現金五百万円。帯封が付いた百万円の束が五つ。袋には入れられていない。むき出し。一目で確認できるようにそうしているのだ。

豊子さんがこれを入れている理由はこう。このぐらいは手もとに置いておかないと落ちつかないのよね。だって、何があるかわからないでしょう?

それは、わたしにはよくわからない。急に五百万円が必要になる何があるというのだろう。振り込め詐欺《さぎ》の餌食《えじき》になるだけではないかと心配してしまう。現に、それには気をつけるよう通郎さんに言われているし、わたし自身、いつも豊子さんに言っている。おかしな電話や手紙が来たらすぐにわたしに言ってくださいね、と。

折りたたみ傘。保険の証書。現金。確かにある。揃っている。

が。

ん？　と思う。すぐに気づく。

束が、六つある。開けた瞬間に気づかなかったのは、たぶん、帯封が同じだから
だ。

「あれっ。豊子さん、六つありますよ」

「ん？」

「お金の束が六つ。六百万円あるかと」

「そんなはずないわよ」

「でも」と言って、金庫の中を指す。

豊子さんは意外にも無関心だ。

「あら、ほんと」

ほんとにあるわね、の、あら、ほんと、ではなく、へぇ、そうなの、という意味での、あら、ほんと。そんなふうに聞こえる。

「そのままでいい、ですか？」

「いいわよ。きっと、あれね。何かで足したのを、忘れたのね。得しちゃった。じゃあ、閉めちゃって」

「はい」

言われた通り、わたしは金庫の扉を閉め、カギを抜いてダイヤル錠を適当に回す。そしてカギを豊子さんに返す。

豊子さんは、またしてもわたしの目の前で押入れのゴザの下にそのカギを隠した。

その後、わたしは夕食の支度を済ませ、この日の勤務を終えた。

豊子さんがコンロを使わなくても済むよう、ご飯もお味噌汁もよそい、テーブルに並べる。そこまでがわたしの仕事なのだ。月曜日から金曜日。午前九時から午後六時。

昼食はわたしもこのお宅でとる。豊子さんの分を居間のテーブルに運び、わたしはキッチンのテーブルでササッと済ませることが多い。たまには豊子さんが、一緒に食べましょうよ、と言う。これも初めは断っていたが、最近は一緒に食べてしまう。金庫の確認と同じだ。何度もは断らない。

「豊子さん、お夕食の準備ができましたよ」と声をかける。

「ありがとう。今日は何？」

その説明は準備にかかる前にもしていたが、わたしは初めてするように言う。

「今日はサバの塩焼きです」

「サバ。いいわね。わたし、サバ、好き。お父さんも好きだった」

「今年はサバがお高いんですよ」

「どうして？　獲《と》れないの？」

「そういうわけではなく。何か、ブームみたいで」

「ブーム？」

「はい。大人気。缶詰なんかも、スーパーで売り切れたりしてます。サバ缶はツナ缶よりも売れてるらしいですよ」

「へぇ。缶詰は、食べたことないわね」

そうだろう。わたしがこの家で料理に使うこともない。サバ缶のレシートを通郎さんに出したこともない。

「じゃあ、頂くわね」

「ごゆっくり。わたしはこれで失礼します」

「ご苦労様」そして豊子さんは言う。「あ、そうだ。友恵さん」

「はい」

「金庫の五百万円のこと、通郎に言っちゃ駄目よ。言ったらすぐに当てにして、車を買いたいなんて言いだすから。もう三台持ってるのに」

「わかりました。言いません」とわたしは言うが。

通郎さんは知っている。前に相談した後、金庫に何が入っていたのか、報告もしたのだ。折りたたみ傘の話をしたら、通郎さんはそこでも優しく笑っていた。

兼松さん宅を後にすると、わたしは電車に乗って自宅へと向かった。

乗っている時間は十五分。その十五分で景色は変わる。東京の東部にある都営住宅。そこがわたしの住まいだ。息子の瑞哉と二人で住んでいる。瑞哉が中学生の時からずっと。

四階建ての三階まで狭い階段を上り、玄関のドアを開ける。中は明るく、居間に瑞哉がいた。

「おかえり」と先に言われる。

「ただいま」と返し、続ける。「今日はアルバイトじゃなかったの？」

「ちがうよ。言わなかったっけ。就活が始まるからセーブするって」

「あぁ。てっきりアルバイトだと思ってた。ご飯、すぐ作るね」

「いいよ。ほら、イワシの缶詰がまだ残ってたじゃん。あれで済ませちゃおう」

「それじゃあんまりだから、冷凍の餃子を焼くわよ」

「いいっていいって。あの缶詰だけでご飯二杯いける。味噌汁だけ作ってよ」

「じゃあ、後は何かお野菜を」

「うん。それで充分」

事情が事情とはいえ、夕食のおかずがイワシ缶。確かに缶詰のイワシはおいしい。

でも母親としては情けなくなる。人気のサバ缶ですらない。イワシ缶。すぐに着替えて支度をし、七時半に瑞哉と二人、食卓に着いた。二人用の、小さなダイニングテーブルだ。

瑞哉は二十一歳、大学三年生。近くのコンビニでアルバイトをしている。午後五時から十時まで。十時以降なら時給が二割五分増になるんだよなぁ、と残念がっている。

二人暮らしになってからは、外食すらほとんどさせていない。入るにしても、牛丼屋さんかハンバーガー屋さん。がんばってもファミリーレストラン。そこで頼むドリンクバーが贅沢《ぜいたく》。そんな感覚を、わたしが植えつけてしまった。

小学生の時に、瑞哉は地域のクラブ、リバーベッドSCでサッカーを始めた。まだわたしが結婚していたころ、瑞哉にも父親がいたころだ。サッカーでもやらせるか、とその父親、鵜沢孝厚《うざわたかあつ》が言い、瑞哉をクラブに入れた。

性に合ったのか、瑞哉はすぐに上達した。もしかしたら上を目指せるかも、とクラブのコーチが言うほどまでになった。だからプロのクラブのジュニアユースのセレクションを受けさせた。一次と二次は受かったのに、三次を受けさせられなかった。わたしと孝厚の関係が致命的に悪化したからだ。その時はもうすでに離婚が視野に入っていた。

瑞哉は怒らなかった。残念がるだけ。受けられないという事実を淡々と受け止めた。受けても受からなかったよ、とわたしに言った。二次の時もさ、よく受かったなと思ったんだ。みんな、上手かったから。この後四次までは、絶対無理だったよ。

そして地元の中学でサッカー部に入り、進んだ都立高校でもサッカー部に入り、そこまででサッカーをやめた。ただ、大学二年生の時から、リバーベッドSCの手伝いをするようになった。OBとして、コーチの補助につくのだ。それは今もやっている。

茹《ゆ》でたもやしを食べながら、瑞哉に尋ねる。

「新しいスーツ、ほんとに買わなくていい？」

「いいよ。今ので充分。あれから体形も全然変わってないし」

あれから。去年の成人式から。スーツはそのために買ったのだ。

「紺色だから、ばっちりでしょ。そもそも就活を見据えて買ったんだし」

「そうだけど。替えもあった方がいいんじゃない？」

「同じようなのをもう一つ買うのはもったいないよ。替えはワイシャツとネクタイだけでいい」

「業種は、やっぱり出版と印刷にするの？」

「うん。そこ以外は受けない。広げると、志望動機もぼやけちゃうし」

「その二つだと、どっちがいいの？」

「初めは出版だったけど、最近は印刷の方がいいかと思うようになってきたよ。大手だと色々手広くやってるからおもしろそうだし」

「いけそう？」

「うーん」瑞哉は食べる手を止めて言う。「正直、厳しいかな。出版は特に。募集人数が少ないから倍率がすごいよ。大学入試なんかだと、倍率って、実はそんなに意味がなかったりするんだけど、入社試験ではそうもいかないかも。書類で落とされたりもするだろうから」

「大学名で判断されるっていうこと？」

「たぶん」

「今は学生が有利なんじゃないの？」

「全体ではそうってだけだよ。人気が集まる上の方は別。コネでもないと、僕の学校じゃ無理かも。それでも、チャレンジはするけどね。エントリーシートは出せるから」

　大変なんだな、と思う。就職が決まらないことはないだろう。でも。本人が希望するところに行ってほしい。行かせてあげたい。父親、孝厚のようになってほしくない。

孝厚は、大手石油会社の子会社にいた。販売会社だ。ガソリンスタンドを管理した
りするのが仕事。大もとの石油会社に入ったのに、三十代半ばで子会社に出された。
それからはもう、愚痴ばかり言っていた。小学生の瑞哉にさえ言った。どうせお前
もおれのことバカにしてんだろ、とわたしには言った。喧嘩のきっかけが何だとして
も、いつも最後にはそう言った。瑞哉には、そんなふうになってほしくない。
「面接まで行ければどうにかなるんじゃないかって、ちょっと期待してるんだよね。
そのためにってわけじゃないけど、ここまでの三年で本はかなり読んだし」
確かに、瑞哉は本をよく読んだ。小説の他、歴史関連のもの、経済関連のもの、自
然科学関連のもの。大学の図書館から常に何冊かは借り出していた。
結局はそれも、わたしが読書以外の娯楽を与えてやれなかったからだ。たいていの
娯楽はお金がかかる。スマホのゲームでさえかかるらしい。課金て、いったい何なの
だ。
本も好きだがサッカーも好き。それが瑞哉のいいところだと思う。わたしは一度、
手にした本を読みながら、足ではサッカーボールをリフティングする瑞哉の夢を見た
ことがある。夢なのに笑った。そして目が覚めると、泣きそうになった。
缶からお皿に移して温めたイワシを食べながら、瑞哉が言う。
「就活が始まったら、サッカーもあんまり行けなくなっちゃうなぁ。いや、でもそっ

ちは土日と祝日だから、行くか。というか、行きたいし」

「コーチの人たちも、みんな、無償なのよね？」

「うん。それは僕がいたころからそうだよ。相変わらず、お父さんコーチも多い。中にはサッカーをやったことがない人もいるよ」

「それで務まるの？」

「こう言ったら何だけど、雑用係みたいなもんだからね。本人もその感覚でやってるし。練習用具を車で運んでくれたり、よそでの試合の時は選手の送り迎えもしてくれたり。いてくれなきゃ回らないよ」

「瑞哉は、教えるわけ？」

「そう。他のコーチと一緒に。子どもたちとボールを蹴り合ったり、一対一の相手になったりする」

「ケガとかさせないでよ」

「大丈夫。無茶はしないよ。といって、そんなに力を抜きもしないけど。今の子たちは上手いよ。僕のころよりずっと上手い。リツキくんていう子がいるんだけどさ、その子なんて、ほんと、プロを目指せるんじゃないかと思うよ。たまに、一対一できれいに抜かれるからね。マタヌキされたりとかさ」

「マタヌキ？」

「ほら、左右の足の間にボールを通されて、抜かれるの」

「あぁ。股抜き」

「小学生にやられると、かなり悔しいよ。その後は本気で追いかけたりする。確かに、そういう時はケガをさせないように気をつけないと」

そんなことを言って、瑞哉は笑う。

その顔を見て、わたしも笑う。何故こんないい子に育ってくれたのか、ちょっと不思議になる。何を教えたわけでもない。叱る時は叱り、ほめる時はほめる。ただそうしてきただけ。瑞哉がわたしのもとに生まれてきてくれたことに感謝するしかない。

「バイトはセーブするけど、サッカーはやっていいよね？」

「もちろん。支障がないなら、何をしたっていいわよ」

考えてもみれば、瑞哉が高校生になったころから、何かをしちゃ駄目だと言ったことがない。しちゃ駄目なことはしないのだ、瑞哉は。なのに、これはしていいよね？とわたしに訊いてくれる。そうやって、母親気分を味わわせてくれる。

「子どもたちとボールを蹴ってるとさ、何か、こっちもすっきりするんだよね。安っぽく言うと、力をもらえるっていうか」

「別に安っぽくはないじゃない」

「いやぁ、安っぽいよ。力をもらえるとか、元気をもらえるとか。就職の面接でそんなことを言わないように気をつけなきゃ。言葉を扱う出版社の面接官にそんなこと言ったら、一発で落とされちゃうよ」

力をもらえる、や、元気をもらえる、のどこが安っぽいのか、わたしにはわからない。現にわたしは、どちらもたくさんもらっているから。誰にって、瑞哉に。


五十二歳。お肌の曲がり角を何度も曲がり、もはやどの方角へ向かっているのかもわからない年齢。坂を下っていることだけはわかり、その坂の勾配がどんどん急になることを意識せざるを得なくなる年齢。

昔を懐かしむこともあるが、昔は今や本当に昔。遠くなってしまったなぁ、と思う。その昔と今がつながっていることを認識してはいても、だからどうだとは、もうあまり思わない。

そんな中、同窓会の通知が来た。この世代ではあるが、ハガキや電話などでではなく、一応、メールで。

高校三年生の時の同窓会。どちらかといえば私的なもの。学年単位で開かれるそれではなく、やりたい人たちがクラス単位でやるそれ。高校生だった時にその感覚はなかったが、実は仲のよいクラスだったようで、卒業してからは不定期に開かれている。

わたしも一度だけ行ったことがある。確か瑞哉が幼稚園児だったころだ。瑞哉はおれが見てるから行ってくれれば、と珍しく孝厚が言ったので、行くことにした。わたしが会に出ている間に孝厚が瑞哉を連れてパチンコ屋に行っていたことが後でわかり、喧嘩になったのを覚えている。

それが最初で最後。その後は同窓会には行っていない。毎回通知は来たが、離婚したこともあって、行く気にはならなかった。

今回もそれは同じ。まず、会費が七千円と知って、無理無理、と思った。五十代の同窓会ともなればそうなのだ。七千円なら安い方かもしれない。一万円となってもおかしくない。

ただ、通知メールが来た後で、友人の別所喜和子《べっしょきわこ》から電話がかかってきた。そこであれこれ話をして、気が変わった。会には田村くんも来るというのだ。

田村くん。田村洋造くん。元彼氏だとか初恋の人だとか、そういうことではない。そこそこ仲はよかった。席が隣になったこともあり、よく話をした。

一度だけ行った同窓会に、田村くんは来なかった。でも話が出た時に、あいつは印刷会社だよ、と男子の誰かが言っていた。しかも大手。それは覚えていた。大手印刷会社。三十代の時にいたのなら、辞めてはいないだろう。そう思った。思ったら、会ってみたくなった。

電話をかけてきた喜和子自身は同窓会には出席しない。ダンナさんの実家で法事があるのだという。ほんとは行きたくないんだけどね、と喜和子は素直に言った。でも行かないと向こうの人たちに何言われるかわかんないから。あーあ、わたしもいずれあのお墓に入んなきゃいけないかと思うと、今から気が滅入るわよ。いっそ自分だけ散骨とかにしてもらっちゃおうかな。友恵さ、そういう意味では、別れて正解だったかもよ。

正解かどうかはわたしの今の生活を見て判断してほしかったが、そんなことは言わなかった。男子がどこまで老けたか、後で教えてよ、と言う喜和子に、わかった、と返して電話を切った。すぐに、同窓会に出席する旨《むね》を記したメールを幹事に送信した。

そして今。わたしはこうして田村くんの隣に座っている。久しぶりにビールなど飲んでいる。お酒を飲むこと自体が一年ぶりとか、そのぐらいかもしれない。

居酒屋の広い個室。掘り炬燵の座敷。出席者はちょうど二十人。田村くんが早めに来ていたので、わたしは上手い具合に隣に座ることができた。

幸い、田村くんはわたしのことを覚えていた。今の名字を訊かれたので、国崎のままだと答えた。結婚したことがないのではなく、離婚したのだと。

田村くんも離婚したことは聞いていた。前の同窓会の時にではない。もっと後。やはり喜和子から電話で聞いたのだと思う。

あらためて本人に訊いてみると。離婚したのは、お子さんが十歳、小学四年生の時だそうだ。

「田村くんも、子どもは息子さんなのね。今、いくつ?」

「二十五」

「わたしの息子より四歳上だ」

「今、二十一?」

「ええ。今度大学四年生」

「じゃあ、就職活動だ」

「そうなの。来月から始まる。苦戦しそう」

「でも今は学生の売り手市場だよね。内定率も過去最高だとか、ニュースでやってるし」

「ウチの子が志望する業界は、狭き門だから」

「マスコミとか?」

「出版と印刷」

「あ、そう。僕も印刷だよ」

「え、そうなの？　どこ？」

田村くんが社名を挙げる。変わっていない。三十代の時と。

「大手！　すごい！」

「すごくはないよ。規模が大きいだけ」

「社員さん、全部で何人ぐらいいるの？」

「最近は色々手を広げてるから、一万ぐらいいなのかな」

一万人。やはり大手はちがうのだ。社内は知らない同僚だらけ、ということだろう。

「田村くんは今、どんな部署に？」

「出版関係の事業部」

「もしかして部長さんか何か？」

いやな顔をされるかと思ったが、そんなことはなかった。田村くんはむしろ笑顔で言う。

「僕なんかは全然。いまだに係長だよ。この先もずっと係長で、定年かな。で、その後の再雇用で細々とやっていくしかないよ」

あらためて、失礼なことを訊いてしまったな、と思う。思いつつ、密かに落胆する。社員が一万人いる会社の係長。瑞哉の力には、なれないだろう。

落胆を隠して言う。

「そんな。大手の会社にずっと勤めてるだけで立派じゃない。競争も激しいでしょうし、辞めていく人だっているでしょうし」

「確かに、入れただけでありがたいよ。でも出版はもっと大変だろうね。募集人員が少なくて、本当に間口が狭いから。息子さん、そのための勉強なんかもしてるの？」

「一応、してるみたい。筆記試験の対策をしたり、出版関係のイベントに参加したり」

「そうか。偉いな」

偉いと思う。だからどうにかしてやりたいのだが。

「でもウチの子の大学だと、厳しそう」

「どこ？」

答えた。

田村くんの顔を見たが、そこからは何も読みとれない。

「でも出版は、面接なんかも重視するだろうからね」

してほしい。きちんと話せば、瑞哉のよさは伝わるはずなのだ。

「本当にそうだといいんだけど」

「充分いい大学に行ってるじゃない。息子さんも偉いけど、国崎さんも偉いよ。一人で育てて私大にまでやるなんて」

「全然、全然」と即座に否定する。「生活をひたすら切り詰めてるだけ。切り詰めは今なお継続中」

「仕事は、何してるの？」

「家政婦。離婚して、やるようになったの。介護福祉士の資格をとろうかと思ったんだけど、ちょうど紹介してくれた人がいたから」

「住み込みとか？」

「ううん。わたしは通い」

「そうか。息子さんがいるもんね」

「今お世話になってるのは、すごくいいお宅。運がよかった」

「いいお宅っていうのは、お金持ちってこと？」

「それもある。でも人もいい。お金があることがいい方に作用してる。そんな人たち」

「何となくわかるよ。余裕があるんだよね、いい意味で」

「そう。まさにそれ」

「もう何度も訊かれて嫌気が差してるだろうけど」

「何？」

「家政婦は見た、りしてるの？」

「どういうこと？」

「そんな家にはたくさん秘密があって、それを知っちゃったりしてるのかと」

「ないない。普通のお宅と同じよ。お母さんと息子さん。お二人」

「国崎さんと同じだ」

「同じ。でも息子さんがもうわたしたちぐらい」

「独身なの？」

「そう」

「だから家政婦さんが必要なのか」

「お母さんはこれからもっと歳をとられるから、やっぱり介護福祉士の資格をとっておけばよかったと思ってる。それがあると、家政婦の仕事にも役立つから」

「その資格は、歳をとってからとる人も多いっていうもんね」

「ええ。わたしなんか、もう介護される側に近いけど」

「そんなこと言わないでよ。まだまだする側だって。お互い、可能な限り、する側でいようよ」

「いたいわよね、ほんとに。息子に迷惑をかけたくないから」

介護福祉士の資格は、本当にとるつもりでいる。介護施設などで働き、三年の実務経験を積めば、国家試験が受けられるのだ。

もちろん、自分から兼松家を去る気はない。が、いずれは契約を解消されるかもしれない。例えば豊子さんが特別養護老人ホームに入る時に。そうでなければ、介護福祉士の資格を持つ家政婦を雇うという決断を通郎さんが下した時に。そうなったら介護施設で働こうと、わたしは常々考えている。

それからは、高校生のころの話や高校があった町の話になった。懐かしくもあったが、やはり遠い過去という感じもした。懐かしさを楽しむ余裕がまだわたしにはないのだ。

昔話をしながらも、考えるのは今のこと。瑞哉のこと。

田村くんには頼めそうもない。頼んだところで、無理だと言われる。断られる。ならば初めから頼まない方がいい。そもそも、同窓会の席でそんな話を持ち出されるのはいやだろう。わたしなら、いやだ。げんなりしてしまうはずだ。

でも。瑞哉。

あの子は本当にがんばってきた。たぶん、親の贔屓目で見なくても、いい子だ。贔屓目で見れば、世界一の息子だ。せめて少しは役に立ちたい。望みを叶えてやりたい。

もう九年、瑞哉と二人でやってきた。瑞哉はわたし一人の子だ。鵜沢孝厚は生物学上の父親であるというだけのこと。その血の影響がどこかにあるとは思えない。そんなものはない。今は完全にそう思っている。

孝厚は、愚痴を言いながらも、大手石油会社の子会社で働いた。そしてわたしと離婚し、浮気相手と再婚した。外山さゆり。そとやま、でも、とのやま、でもない。とやま。連れ子がいた。そちらも男の子だという。知っているのはそこまでだ。

瑞哉の養育費は二年ほどで滞《とどこお》り、やがて振り込まれなくなった。もちろん、請求はしたが、そのたびに、理の通らぬ言い訳を聞かされた。

今はもう連絡はない。こちらからもとらない。瑞哉に会いたいと言ってきたりもしない。言ってきたところで、会わせない。瑞哉も、会わないと言ってくれるはずだ。

散々愚痴をこぼしていたあの会社で孝厚が今も働いているのかは知らない。連れ子と三人での生活が続いているのかも知らない。孝厚が上手くいっていればいいとは思わないが、苦労していればいいとも思わない。要するに、何も思わない。もう関係のない人だ。わたしは結婚する相手をまちがえただけ。それを孝厚のせいにはしない。孝厚を選んだ自分に責任がないと言うつもりはない。

孝厚のことはどうでもいい。兎《と》にも角《かく》にも、瑞哉。

「ねぇ、田村くん。お願いがあるんだけど」

「何？」

「口を利いてもらえないかな」

「え？」

「ウチの息子を、田村くんの会社に入れてもらえないかな」

「あぁ」

その先は続かない。

田村くんは、ビールから切り換えていた麦焼酎のお湯割りを飲む。何だよ、と思っているのかもしれない。げんなりしているのかもしれない。

「田村くんがそこにお勤めだと知って、ずっと考えてたの。息子、最近は出版より印刷に行きたいみたいだし。だから、駄目元で言っちゃった。駄目元は駄目元だけど、本気は本気なの。ものすごく本気」

「それは、伝わるよ」

「わたし、息子が中学に上がってから今まで、ずーっと何もしてやれてないの」

「そんなことないでしょ」

「なくない」と首を横に振る。「本当に何もしてやれてない。お小遣いもロクにあげられてないし、お誕生日のプレゼントもロクにあげられてない。ケータイだって、持たせたのは高校から。大学生になってからは、あの子、毎月の料金を自分のアルバイト代で払ってる。しかも家族契約だからっていうんで、わたしの分まで払ってくれてる。アルバイトは、高校生の時からもうしてくれてたし」

「でも一人で育て上げただけで、充分立派だよ」

そんなことはこれまでにも何度か言われた。自分で立派だと思えたことは一度もない。言われるだけでいつも苦い気持ちになった。

「あの子、がんばって国立大に入ろうとしてくれたんだけど、高校生活がそんなだから、そこには受からなくて。で、受からなかったことをわたしに謝ったりもして。そんなことで息子に謝らせてる自分が、わたし、ほんとに情けなくて」

そこで口を閉じる。が、田村くんの言葉を待てない。続ける。

「だから社会に出て独り立ちする前に、何か一つくらい、あの子のためになることをしてやりたくて。こんなの、田村くんにお願いしていいことじゃないんだけど」

間を置いて、田村くんは言う。

「僕は、ただの係長だからなぁ」

その後の間は長い。田村くんは黙って麦焼酎のお湯割りを飲む。一口、二口。そして三口。何か考えているように見える。見せているだけかもしれない。

もう話は終わったのだな、と思う。これが田村くんの意思表示なのだな、と。わたしは田村くんに身を寄せる。口が勝手に動く。

「お金を出すから、お願い」

自分でも驚いた。お金。どこにそんなものがあるのか。

「あぁ」

田村くんはまた黙る。今度の間も長い。やはり何か考えているように見える。やはり見せているだけかもしれない。

「息子さん、インターンシップには参加したのかな」と不意に訊かれる。

「したみたい」と答える。「印刷業界の中では田村くんのところが第一志望だから」

田村くんが周りを見る。

「国崎さん」声をやや潜めて言う。「この後、話せるかな。二次会でということじゃなく、どこか喫茶店ででも」

「ええ」とわたしは言う。「二次会に出るつもりは初めからないし」

同窓会は午後八時半すぎに終わった。

田村くんと一度別れ、午後九時に再び会った。居酒屋と同じ銀座にある喫茶店でだ。そこなら土曜のその時間でもやってるからと、田村くんが指定した。

ほぼ同時に店に着き、奥のテーブル席に座った。店は空いていた。念のため見まわしてみたが、同窓会に出席していた誰かがいるようなことはなかった。来るようなこともなかった。

頼んだコーヒーが届けられ、ウェイトレスが去ると、田村くんはそれをブラックで一口飲んで言った。

「国崎さんは、本気だよね？」

「もちろん」と返した。

「だったら、何とかするよ」そしてこう続いた。「百万で、いいかな？」

「百万」とその言葉をくり返す。嚙み砕いて理解すべく、もう一度。「百万」

気持ちを落ちつかせるために、わたしもコーヒーを飲む。刺激物に刺激物。アルコールの後のカフェインは、どこか新鮮な感じがした。

こちらの逡巡を見抜き、哀《あわ》れんだのか、田村くんが言う。

「いや。五十万。それでどうにかしてみる。でも、絶対に息子さんを入れるという保証はできない」

それをわたしはこう解釈する。五十万円に下げる代わりに保証はしない、瑞哉を入社させられなかったとしても五十万円は返さない、と。

考えてみた。

入社できなくても五十万円をとられるのはおかしい。おかしいし、痛い。でも田村くんにしてみれば、そう言いたくもなるだろう。瑞哉を入社させられなくても、裏で動いたという事実は残ってしまう。その事実を会社の誰かには知られる。それでもお金は返すとなれば、田村くんにメリットはない。何よりもまず、わたしのために動く必要がないのだ。

　そういうことなのよね？　と田村くんに訊いたりはしない。そういうことだとしたら、お願いはしないのか。そんなことはない。する。わたしは瑞哉のために動く。選択の余地はない。ならば余計なことは訊かなくていい。駄目だったらお金を返してもらえる可能性もある。そう思っていればいい。期待などせずに。

　今はっきりしていることはただ一つ。これだ。こんな機会は二度とない。逃してはいけない。

　わたしは言う。

「わかりました」

　田村くんはそれを聞いてほっとしたように見えた。言い換えれば、印刷会社の係長から高校の同級生に戻ったように見えた。

　同窓会。もう行くことはないだろう。

　五十万円は無理だ。そんなお金はない。作るには、借りるしかない。返せる当てはない。でも、どうにかしたい。どうしよう。

　田村くんと別れてからずっと、そう考えつづけた。

まず頭に浮かんだのは豊子さんだ。というよりも、豊子さんの部屋にある金庫。その中にある百万円の束。

五十万円を貸していただけませんか？　豊子さんにそう言ったら。

友恵さん、それは駄目よ。と言われるだろう。そういうのは駄目よ。と。

いや。言われるだろうか。案外簡単に、いいわよ、と言ってくれるのではないだろうか。

言ってくれたとしても。通郎さんに知られた時点で終わりだ。豊子さんに口止めはできない。したところで、豊子さんは悪気なく言ってしまうかもしれない。

そうなったら、通郎さんも黙ってはいられないだろう。下手をすれば、解雇される。五十万円は得られず、その上、解雇。最悪だ。

では初めから通郎さんに当たってみるというのはどうか。

理由を訊かれるかもしれない。答えられない。家計が苦しくて、とごまかすしかない。ごまかすも何も、実際に苦しいのだ。でも理由を訊かれる前に、国崎さん、それは駄目ですよ、となってしまう可能性が高い。

やはり他のどこかから借りるしかないのか。

あちこちで見かける無人のキャッシング機。ああいうもののお世話にはなるまいと、ずっと思ってきた。誓ってきたと言ってもいい。でも本当にお金が必要になったら、そんな誓いはあっけなく破られてしまう。

あきらめる。ということも、一応、考えてみる。

瑞哉が自力で入社できないと決めつけるのは早い。あの子ならやれるかもしれないのだ。が。駄目だったよ、と言う瑞哉も想像してしまう。瑞哉なら、それを明るく言うだろう。ショックなど受けていないように見せるだろう。わたしも明るく応じるだろう。泣きたい気持ちは抑え、仕方ないわよ、と言うだろう。

いやいや。仕方ないことなんかない。あきらめるのはなしだ。わかりました、と喫茶店で田村くんに言った時、わたしは確かに決断したのだ。瑞哉のためにやり遂げると。今もその気持ちは変わらない。もう考えない。決めたのだから、後は動けばいい。

そしてわたしは次の決断をする。豊子さんに百万円を借りようと。つまり、金庫にある六百万円の内の百万円を、黙って借りようと。

いつもの五百万円に百万円が加わったことを、豊子さんは本当に忘れていたのだと思う。そして今も忘れていると思う。金庫にしまっているのは折りたたみ傘と保険の証書と五百万円。そんな思いがすでに固定しているのだ。

あの百万円なら、たぶん、どうにかなる。

二つめの決断をしたのが、田村くんと会ってから三日後の火曜日。四日後の土曜日にはまた田村くんと会うことになっている。その時までに、どうにかしなければならない。

水曜日はノー残業デーということで、通郎さんが早く帰ってくる可能性がある。といっても、わたしが兼松さん宅にいる内に帰ってくることはないが、それでも何だか落ちつかない。そしてリミットは金曜日。その日だと、もっと落ちつかないだろう。だから木曜日。わたしは朝からそのつもりでいた。そのつもりでいつものように午前九時に出勤し、そのつもりで豊子さんに挨拶した。

「おはようございます」

「おはよう。何、友恵さん、マスクなんかして」

それは毎年のことなのだが、豊子さんはやはり忘れている。

「わたし、花粉症なんですよ」

「そうなの？」

「はい。鼻水が出て、くしゃみも出て、目もかゆくて」

すべて事実。いつも我慢している。どうしても無理な時だけ、市販の薬を飲む。飲んだら飲んだで副作用に見舞われる。強烈な眠気と口の渇きだ。その上、薬は高いから、なるべく飲まないようにしている。

「豊子さんは、花粉症はないですか？」

「ないわねぇ」

「うらやましいですよ。わたしは五月のゴールデンウィークぐらいまでずっとこうですから」

「マスクをしてる人、たくさんいるものね。昔からそんなにいた？」

「増えたと思います。してるのは、花粉症の人だけじゃないですし」

「カゼの人？」

「それ以外にもいますよ。女性が多いかな。すっぴんを隠すためにするんでしょうか」

「あぁ。だったら、お化粧をすればいいじゃない。そのためのお化粧でしょ？」

「ちょっと出かけるぐらいならマスクをした方がてっとり早い、ということなんですかね」

「素顔を隠すためにお化粧をするのに、お化粧してないのを隠すためにマスクをするの？　変な話ね」

「はい」

今はいい時の豊子さんだな、と思う。まあ、午前中はいつもいいのだ。まだ疲れていないから。

わたしはエプロンを着け、さっそく家事をこなす。洗濯をし、掃除をする。家人はやる。

二人。量が少ないので洗濯は二日に一度だが、掃除は毎日やる。時間をかけ、丁寧に

この家にロボット掃除機のような物はない。あると危ないのだ。豊子さんがつまずいて転ぶかもしれないから。転ばなくても駄目だろう。意思がないのに動く物を、豊子さんは気味悪がる。

この日の昼食はサンドウィッチにした。豊子さんは歯も胃腸もしっかりしているから、これは食べられないというものはない。好き嫌いも多くない。さすがに量は食べられないが、そこを調整すれば、出されたものを残すことはない。

好きなのはパンだ。中でも、柔らかめの食パン。

一度、耳まで白いタイプのかなり柔らかい食パンを買ってきて、サンドウィッチを作ってみた。甘みが強いので普通のものの方がいいかと思ったが、これ、おいしいわね、と豊子さんは言ってくれた。以降はその食パンを使うようにしている。

油分が多いツナはなし。タマゴも、マヨネーズは弱め。カロリーハーフのものを少しだけ使う。後は、トマトとレタス。そしてハムとチーズ。

小さめのものを四切れも食べれば、豊子さんは充分だ。サンドウィッチの時でも、飲み物は緑茶。豊子さん自身がそれでいいと言う。サンドウィッチ四切れにサラダを少々、そして温かい緑茶。それだけの食事でも時間はかかる。正午にいただきます

で、一時にごちそうさま、という具合。一口食べて、二分おしゃべり。だからそうなるのだ。

午後からは、豊子さんの部屋の窓掃除をした。

専用の洗剤を布切れにつけ、ガラスをきれいに拭く。今日やらなければいけない仕事ではないが、今日やる。今やる。

豊子さんは、予想通り、座布団に座ってわたしの作業を眺めている。一人で部屋に入られるのがいやなわけではない。いつもそうなのだ、わたしが豊子さんの部屋で何かをする時は。

「助かるよ」と豊子さんは言う。「窓がきれいだと、気分がいいからね」

「そうですよね」

「お日様が、丸ごと入ってくれてね」

「はい」

「窓を見れば、その家に住む人がわかるわよね。水まわりはたいていの人がきちんと掃除をするけど、窓は後回しになるから」

「あぁ。そうかもしれないですね」

「寒い時は億劫にもなるしね。友恵さんにやらせておいてこんなこと言うのも悪いけど」

「いえ、これがわたしの仕事ですから。これでお金を」と言ったところで、くしゃみが出る。すぐにもう一度。くしゃん！　「頂いて」くしゃん！　「ますから」

「あらあら」と豊子さんが笑う。「大丈夫？」

「すいません。こんなふうに窓を開けてると、どうしても花粉のせいで」

「花粉？」

「はい。わたし、花粉症なんですよ」

「そうなの？」

「はい」

「いつから？」

「二十代のころからでしょうか。もう三十年近くになりますよ」

「大変」

「豊子さんは、大丈夫ですか？」

「大丈夫」

「でも油断はできませんよ。花粉症は、いつなるかわからないですから。一度なったら、後はずっとですし」

「もう大丈夫でしょ。なる前に死んじゃうわよ」

「いえ、そんな」

そう言われると、切なくなる。豊子さんは、亡くなってほしくない。花粉症にならないまま生きていてほしい。

と、そこまでで考えるのをやめ、言う。

「あ、そうだ。豊子さん」

「ん？」

「金庫を確認しなくてもいいですか？」

「あぁ。金庫」

「もしあれなら、しますけど」

「そうね。してもらおうかしら」

「あ、でも、わたしが触らない方がいいですね」

「いいわよ、友恵さんなら。わたしがやると時間がかかっちゃうのよ、ダイヤルを回したり何だりするのに。だから友恵さん、やって」

「じゃあ、やっちゃいましょうか」

「ええ」

わたしは窓を閉め、布切れを桟に置く。

豊子さんが座布団から立ち上がり、押入れを開ける。そして床に敷いたゴザの下からカギを取りだし、わたしに渡す。

「番号はね、一〇三一」

「そう。お父さんの誕生日なの。十月三十一日。だから一〇三一。そうしておけば、忘れないから」

「一〇三一」

決まりごととして、わたしは言う。今日はやや端折《はしょ》るつもりで。

「そういう番号をお誕生日にしておくのは危ないですよ」

「どうして？」

「すぐにバレてしまうかもしれないので」

「大丈夫よ。お父さんはもう死んじゃってるんだし。泥棒さんにはバレようがないでしょ」

「こういう金庫って、番号は変えられますから、通郎さんに言って、変えてもらった方がいいですよ」

「そしたらわたしがわからなくなっちゃうよ。お父さんの誕生日でないと忘れちゃう」

その言葉を聞き、わたしは満足する。やることはやったのだ。後は、これまではやらなかったことをやるだけ。

カギを挿してダイヤル錠を回し、最後にカギも回す。カチャリと音がして、金庫の扉が開く。

　まだ引き返せる、と思う。中に入っているのが六百万円だと豊子さんが認識していたら潔くあきらめよう。それを確かめるために、豊子さんにこうしてこの場にいてもらうことにしたのだ。六百万円あると思っていたら、百万円がなくなったことに気づかれてしまうから。

　金庫の中には、折りたたみ傘と保険の証書と現金がある。百万円の束が六つ。前に見た時と変わっていない。

　いつもなら自分からは言わない。今日は言う。

「折りたたみ傘と、保険の証書と、五百万円がありますよ」

　賭けは賭け。でも勝つことはわかっていた。

「そう。よかった」

　いつもなら中の物に手は触れない。今日は触れる。現金にではなく、まずは折りたたみ傘に。それを手にとり、振り返って豊子さんに差しだす。

「傘、見せてもらえませんか？　六郎さんからの贈り物、わたしも見てみたいです」

　豊子さんは笑顔で傘を受けとり、言う。

「じゃあ、久しぶりに開いてみようかね」

　そしてまずはカバーから傘本体を出す。次いでベルトを外し、傘を開く。言葉にすればそれだけだが、動作はゆっくりだ。そこまでで十秒はかかる。最後に傘を広げるから、視界は遮られる。

わたしはその隙に金庫から百万円の束を一つ取りだし、キャンバス地のバッグに入れる。わたしの私物ではない。ガラス用の洗剤やら何枚もの布切れやらを入れているバッグだ。一応、チャックが付いている。いつもは閉めないそのチャックを閉め、バッグを畳に置く。

百万円は、盗むのではない。あくまでも借りるだけ。本当に返す気でいる。いつになるのかが自分でもわからないだけだ。と、そう考えて、わたしは自分をごまかす。返すのは現実的ではない。返す能力が自分にないことはわかっている。返すことで事が複雑になる可能性が高いこともわかっている。

豊子さんが開いてくれた傘は花柄だった。白地に小さな赤い花がいくつも描かれている。いかにも男性が女性へのプレゼントとして選びそうな傘だ。

「ほら、この継ぎ目のところがおかしくなっちゃってるのよ」と豊子さんが言う。

見れば、確かにそこだけ妙な角度に曲がっている。受けとって触ってみると、継ぎ目がグラグラしてもいる。でもこのぐらいなら直せそうだ。わたしなら捨てたりはしない。明らかに高級品。これを捨てて千円で新しい物を買うくらいなら修理に出す。ただし、出せるのは二千円まで。

そこでふと思いついた。豊子さんに言う。

「これ、直せますよ。直しましょうよ」

「友恵さん、直せるの？」

「わたしは直せないです。修理屋さんに頼みましょう」

「そんなお店、近くにある？」

「探せば見つかりますよ。靴の修理屋さんなんかでも預かってくれるかもしれませんし」

「わたしはよくわかんないよ」

「大丈夫です。わたしが修理に出しますよ」

「でも、たぶん、もう使わないよ。雨の日は外に出ないし」

そうだろう。買物はわたしが代わりにするから、豊子さんはほとんど外出しない。たまに近場へ散歩に出るくらいだ。雨が降りそうな日に出ることもない。病院に行く時は、雨でも晴れでもタクシーを呼ぶ。

「お気持ちはわかります」とわたしは言う。「使わなくていいんですよ。ただ、せっかく六郎さんにもらったんだから、きちんと直しておきましょうよ。いつでも使える状態にして、しまっておきましょう」

「でもねぇ」

「おいやですか？」

「いやじゃないよ。直るのはうれしい。お父さんも喜ぶと思うよ。ただ、返してもらうまで、この金庫は空になっちゃうでしょ？　それがどうも落ちつかなくてねぇ」

わかる。ような気もする。つまり、これまでその状態であったものを動かすのがいやなのだ。高齢者にはそんな方々が多い。

「ほんの少しの間ですよ。その場で直せるなら直してもらいますし。預かりになるとしても、急ぎにしてもらいます。それで、わたしが責任を持ってお返しします」

何故わたしが熱心になるのか。豊子さんはそこまで考えない。わたし自身、よくわからない。罪滅ぼし、なのか。

「まあ、友恵さんがそう言ってくれるなら、そうしようか」

「よかった。じゃあ、お預かりしていきますよ」

「うん。お願いします」

豊子さんが傘をたたみにかかる。

「わたし、やりましょうか？」

「そうして。わたしがやると、もっと壊しちゃいそう」

傘を受けとり、慎重にたたむ。特に継ぎ目がグラついている骨には気をつける。時間をかけてゆっくりとたたみ、同じ花柄のカバーに入れる。

「どれどれ」と豊子さんが金庫に近づき、中を見る。

さすがにひやっとする。

豊子さんは穏やかに笑ってこう続ける。

「ずっとここに入れてたから、やっぱり、なくなると何だか寂しいね」

百万円の束が一つなくなったことには気づかない。気づきようがないのだ。豊子さんにとっては、五百万円あることが正しいのだから。

「じゃあ、閉めますよ」

わたしは金庫の扉を閉め、カギを抜いてダイヤル錠を適当に回す。そしてカギを豊子さんに返す。

豊子さんは、いつものようにわたしの目の前で押入れのゴザの下にそのカギを隠す。

わたしの内で安堵感と罪悪感がせめぎ合う。そして安堵感が勝つ。わたし自身が勝たせる。折りたたみ傘はバッグには入れない。六郎さんから豊子さんへの贈り物。言ってみれば、宝物。汚れた布切れや汚れたお金と一緒にはしない。

豊子さんと二人、部屋を出る。

わたしが今一番言われたくない言葉を、豊子さんはあっけなく口にする。

「友恵さん、ありがとうね」

「同窓会、どうだった？」と電話の向こうで喜和子が言う。

「まあ、楽しかったかな」

「だいたいいつものメンバーでしょ？」

「いつものメンバーが誰なのかよく知らないけど。たぶん、そうなんだと思う」

「田村くんとは話した？」

「うん。席が隣だったから」

「田村くん、再婚とかしてた？」

「いや、してなかったみたい」

「みたいって。訊かなかったの？」

「はっきりとは。でも、してないんじゃないかな」

「大手企業にいるんだから、できそうだけどね。五十二なら、まだやり直しも利くし」

「利く？」

「男は、利くんじゃない？　若い女を捉《つか》まえればいいんだし」

「捉まるかな」

「人によるか。田村くんならいけそうだけどね。おっさんおっさんは、してなかったでしょ？」

「どうだろう」

「もしかしてあれかな、再婚する気がないのかな。何て言ってた？」

「してないわよ、そんな話」

「しなさいよ」

「何でよ」

「だって、田村くんを狙ってたんじゃないの？」

「は？　何よ、狙うって」

「いや、再婚相手としてさ。バツイチ同士、ちょうどいいじゃない。狙ってたからこないだの電話で田村くんが同窓会に来るか訊いてきたんでしょ？」

「まさか。ちがうちがう。そんなんじゃないわよ」

「そうなの？」

「決まってるじゃない。この歳で、同窓会でそんなことする？」

「する人はするでしょ。わたしの知り合いにもいるよ。高校の同級生と再婚した人。ほら、高校の同級生ってさ、離婚した者同士だと案外ちょうどよかったりすんのよ。四十五十になって新しい相手なんて、なかなか探せないじゃない。でも同級生だと安心感があるのね。昔を知ってるから」

「あぁ」と感心してしまう。確かにそうかもしれない。「でもわたしたちはちがうわよ。再婚なんて考えてないし」

「考えないの？」

「今のところは」

「今のところって。友恵、五十二だよ」

「言わないでよ、歳を」

「同い歳だから言えんのよ。わかってる？　じき六十。気がついたら、七十、八十だよ。考えな」

「瑞哉の就職活動が落ちついたらね」

「就職活動か。どうなの？」

「まだわからない。これからよ」

「一人でがんばって大学まで行かせたんだから、いい会社に入ってくんないとね」

「そういうのはないけど」

ないけど、ちょっとある。わたしのためにでなく、瑞哉自身のために。

でも。本当にそうなのか。わたしのためにということは、ないのか。瑞哉のため瑞哉のためと言っているが、それ自体がわたしのためということは、まったくないのか。

「何かいいコネとかないの？」

「ないわよ、そんなの」

「別れたダンナとかは？」

「ないない。いいとこに勤めてたわけじゃないし。まず、連絡をとってないもの」

「まったく？」

「まったく」

田村くんに頼めば？　と言われたらいやだな、と思った。

「そういえば、田村くん」と喜和子が言うので警戒したが、先はこう続いた。「のとこも息子さんよね。田村くんが引きとったわけじゃないけど」

「よほどの理由がない限り、母親が引きとるでしょうからね」

「母親の浮気が原因とかでない限りね」

「まあ、そうね」

「で、母親は苦労すんのよね。払われるものがちゃんと払われなかったりして」

「そう」

「わたしも、友恵からそれを聞いて思いとどまったもん」

「別れようとしたことがあるわけ？」

「そこまではいってないけど。友恵がストッパーにはなったかな。おかげで気をつけるようにはなったわよ、そこへは向かうまいって。これは浮気じゃないかと思うようなことがあっても下手にダンナを追及しない、とかね」

「うーん」

「田村くんの離婚の原因は知ってる？　聞いた？」

「いえ」

「何だ。それも聞いてないの？　じゃあ、何を話してたのよ、同窓会で」

いくらかドキッとしつつ、言う。

「そんなこと以外にも話すことはあるでしょ。同窓会なんだから、昔の話とか」そして話題をかえるためにも尋ねてみる。「喜和子は、田村くんの離婚の原因を知ってるの？」

「知ってるよ。本人に聞いたから。いつだかの同窓会。その二次会で聞いたのかな。田村くん、結構酔ってたし。って、わたしも酔ってたけど。そういえば、今回はあったの？　二次会」

「あったけど、わたしは行かなかった」

「まあ、軽く一杯飲んで終わりか。終電後までってこともないだろうし」

「で、田村くんは？」

「あぁ。浮気とか、そういうのではない。むしろ逆。疑っちゃったのね、奥さんを」

「疑った？」

「そう。何か怪しいと思うことがあって、息子さんのDNA鑑定をしたんだって。奥さんに内緒で。ほら、あれって、ほっぺたの裏側の粘膜だか何だかを綿棒みたいのでこそげとって鑑定機関に出すんでしょ？　それをやったの。でも後で息子さんが奥さんにぽろっと言っちゃったらしくて。そこから一気におかしくなったみたい」

「そう、なの」

「そう。これ、言わないでね。時間が経ってるから、わたしもつい言っちゃったけど」

「言わないわよ。言う相手もいないし」

いるとすれば田村くん自身だが。まあ、言わないだろう。

「奥さんにしてみれば、いや〜な気持ちになるわよね。黙ってそんなことされたら。何で直接訊かないのよって言いたくもなる。でも、田村くんの気持ちもわからないではないかな。それで自分の子だって結果が出たら、言う必要はないもんね」

「自分の子、だったんでしょ？」

「だった。問題はなかったのに、田村くん自身が問題を作っちゃったわけ。やりきれない話ではあるわね。これまたわたしも気をつけなきゃ。ダンナに娘のDNA鑑定をされないように」

「されたらマズいの？」

「ううん。たぶん、大丈夫」

「たぶんて」

「今この歳でされたら、それはそれでショックよね。娘はもう二十四。その娘が検査に同意したってことだから」

「あぁ」

「まあ、そこまで相手を疑うようなら、その時点でその夫婦はおしまいってことなんでしょうね。絶対にあなたの子だと妻が言ったところで、ダンナは信じないだろうし」

子どもが自分の子かを疑うようになったら、夫はつらいだろう。妻には訊けないし、聞いても信じられない。男の人は、そうなる可能性もあるのだ。

でも女はちがう。さすがにそれはない。二人と同時に付き合いでもすれば、どちらの子か自分でも判断がつかなくなることはあり得る。そうでない限りはわかる。何ヵ月も胎動を感じ、自分で産んだのだ。疑うわけがない。

何にせよ。わたしだけじゃない。田村くんにも色々あったのだ。

ふと居間の掛時計を見る。

一時十五分すぎ。マズい。

「喜和子、ごめん。わたし、もう出なきゃいけないの」

「何、出かけるの？」

「うん。ちょっと約束があって」

「休みの日に約束。男だったりして」

「ちがうわよ」

ちがわない。男は男だ。しかも喜和子が知っている男性。今の今、この電話で話題にしていた男性。

「じゃ、切るわ。またね。次の同窓会はずっと先だろうから、その前に会いましょ」

「そうね。瑞哉の就職活動が落ちついたら。ごめんね、何かバタバタしちゃって」

「いいえ。じゃあ」

「じゃあ」

電話を切り、スマホを鞄に入れる。現金百万円と折りたたみ傘が入った、合成皮革の鞄だ。そして電話に出る前にしたはずのガスの元栓の確認をもう一度して、狭い三和土《たたき》で同じく合成皮革のパンプスを履く。外に出て、ドアにカギをかける。

駅までは歩いて十五分。遠い。でも仕方ない。都営住宅は駅前の一等地にはないのだ。スマホで電車の時間を確認しながら、急ぎ足で歩く。この歳になると、急ぎ足でも息が切れる。とてもじゃないが、走れはしない。信号待ちで緩急の度合いを調整する。

どうにか十二、三分で駅に着き、ちょうどやってきた電車に乗る。あらためて時間を計算し、これに乗れなかったら危なかったな、と思う。田村くんとの約束は午後三時。それには充分間に合う。でもその前に、豊子さんの折りたたみ傘を修理に出すつもりなのだ。

調べてみたら、田村くんが指定した喫茶店の最寄駅にリペアショップがあることがわかった。その店に修理に出して、田村くんと会う。今日中に直るのであれば、田村くんと別れた後に受けとる。そして月曜日に豊子さんに返す。そんな計画を立てた。

ただ、そこは地下通路にある小さな店らしく、土日祝のみ十四時から十五時半までは休憩時間になるらしい。飲食店の午後の休憩のように、一度店を閉めてしまうのだ。だから午後二時までには着かなければならない。

五十万でいいよ、と田村くんは言った。が、百万円を持ち出すしかなかった。あの場で帯封を解き、五十万円だけもらう。そんなわけにはいかなかった。だから百万円を借りた。五十万円は、余ってしまう。五十万円。とても魅力的なお金だ。瑞哉にスーツや靴をもうひと揃い買ってやれる。いい物を買ってやっても、四十万円は残る。それは生活費に充てられる。

でもそんなことをしたら終わりだ。田村くんに渡す分以外のお金を自分の懐《ふところ》に入れてしまったら、もう言い逃れはできない。完全な泥棒だ。いや、もうすでに完全な泥棒ではあるのだが、さらに道を外れてしまう。何かが崩れてしまう。無理だ。できない。

ということで、今朝、布団の中で目を覚まし、横になったままあれこれ考えている時に決めた。田村くんに百万円を渡そうと。それで事を確実にしてもらおうと。

わずか一駅のために地下鉄の運賃を払うのもバカらしいので、ＪＲの有楽町《ゆうらくちょう》駅からは歩くことにした。それがまたよくなかった。土曜日の銀座は、中央通りで歩行者天国が実施されていたりもして、人で溢《あふ》れていた。思った以上に時間がかかった。

地下への階段を下りていく。目指す店はその先にある。

誰かと待ち合わせなのか、壁際に四十前ぐらいの女性が立っている。持ち手付きの大きな紙袋を提げた人だ。

その前を通って店へ。

スマホで時間を見る。

十四時二分。アウト。

なのだが。

店はまだ開いていた。カウンターの内側で男性の店員さんが何やら作業をしていた。

　急いで寄っていき、声をかける。

「あの、すいません」

「はい」と店員さんがこちらを見る。

やはり四十前ぐらい。地下の店にいるにしては日に焼けた人だ。

「傘の修理をお願いしたいんですけど」

「傘ですか。どうぞ。伺います」

「あ、でも、二時からは、お店、閉められるんですよね？」

「それは大丈夫です。どうにでもなりますので」

　ならばとわたしは鞄から豊子さんの傘を出してカウンターに置く。

「これなんですけど。骨の継ぎ目がおかしくなってるところがありまして」

「では失礼して」言いながら、店員さんはカバーから傘を出し、素早く、でも丁寧に広げる。「折りたたみは部品が少ないので、お直しできないこともあるんですけど。えーと、ここですね」

「はい」

「あぁ。なるほど。これなら、たぶん、直せます。いえ、たぶんでなく、直せます」

「そうですか」

「ただ、お時間はちょっと頂きますが」

「何日ぐらいですか？」

「今日中にはやります。今扱ってる物が終わり次第、すぐにかかりますよ」

「じゃあ、わたし、これから人と会うので、その後で取りに来ます。それで大丈夫ですか？」

「三十分ぐらいで戻られる、ということはないですよね？」

「はい。もっとかかると思います。最短でも一時間ぐらいは」

「でしたら大丈夫です。それまでにやっておきます」

「よかった。助かります。別の日に取りに来なきゃいけないと思ってました」

「それなら、こちらもよかったです」

「でも、ご休憩の時間ですよね？　お昼を食べられなくなっちゃうんじゃ」

「お気遣いありがとうございます。調整はいくらでもできますので、本当に大丈夫です。ではひとまずお預かりしますね。お預かり伝票にお名前とお電話番号のご記入をお願いします」

渡されたペンで、それらを記入する。その間に、店員さんが言う。

「合カギの作製から靴や鞄の修理まで、何でもやってますので。例えばご家族の物で、かかとが減ってしまっている革靴などがありましたら、ぜひお持ちください。クッション性のあるゴム素材にすると、とても歩きやすいですから」

それを聞いて、瑞哉の革靴を思い浮かべる。成人式の時にスーツと併せて買ったものだが、底がかなり減っていた。インターンシップへの参加だ何だで、あちこち歩きまわっているからだ。持っているのはそれ一足。

靴を見れば人がわかる。などとよく言う。人を知りたいなら履いている靴を見ればいい、と。就職の面接では、頭からつま先まですべてを見られる。それを見据えて、どこに出ても恥ずかしくないよう、それなりにいい靴を買ってやった。安い物を二足買うなら高い物を一足買ってきちんとケアをするべきだろうと思って。

そのケアを、瑞哉は実際にきちんとやっている。わたしも気づけばやるが、瑞哉も自らやる。母親のわたしに任せっきりにはしない。だから革そのものは今もきれいだが、底はどうしても減ってしまう。

「女性もののヒールとかではなくて、男性ものの革靴でも直せるということですよね？」

「はい。もちろん」

「普通の革靴で、お値段はいくらぐらいするものですか？」

「かかとだけの補修でしたら、三千円ほどで」

「両足、ですよね？」

「はい」

だったら、いいかもしれない。もう一足安いのを買うよ、と瑞哉も言っていたのだ。こないだ見たら、スーパーでも三千円ぐらいのやつを売ってたから、と。

「じゃあ、ちょっと考えてみますね」と言い、記入を終えてペンを返す。

「いつでもお待ちしております。えーと、ではこれを」

お預かり伝票の控えを受けとる。

「手が空き次第、すぐにかかりますので」

「よろしくお願いします」次いでこうも言う。「ありがとうございます。二時を過ぎてから来ちゃったのに」

「いえ。そこまで厳密にやってるわけでもありませんから」

頭を下げ、気分よく店を後にする。歩いて階段へと向かう。

壁際にさっきの女性がまだいる。紙袋から出したとおぼしき靴を手にしているので、待ち合わせではないことに気づく。たぶん、わたし同様、リペアショップに行こうとしていたのだ。

もしかしたら、わたしに先を越されたのかもしれない。そう思い、立ち止まって、つい声をかけた。

「お直しですか？」

「あ、えーと、はい。この靴を、と思って」

見れば、自身の物らしきパンプスだ。ローヒールのタイプ。

「かかとの補修なら、すぐにやってもらえるんじゃないかしら」

「かかとではなくて、甲の方なんですよ。幅が狭いから、痛くて履けなくて。それで、直してもらおうかと」

「あぁ」

でも二時からは休憩時間。どうしようかと迷っていたらわたしが横入り。そういうことかもしれない。

「わたしも今、傘を預けてきました。あの店員さんは親切だから、すぐ行けば、預かってくれるかもしれませんよ」

「親切、ですか」

「ええ。すごく」

「知ってます。知り合いなので」

「あら。じゃあ、行った方が」

「そうですよね」と言い、女性は微かに笑う。「行ってきます。ありがとうございます」

そしてわたしに軽く頭を下げ、店へと向かう。

何だかよくわからないが。いい靴は直した方がいい。直せる靴は直した方がいい。勧めたら勧めたで、わたしはやや不安になり、二、三歩右に動いて店の方を見る。女性がそこに行く。店員さんが顔を上げる。何やら言う。声までは聞こえてこない。知り合いが来たからか、驚いているように見える。笑顔、のようにも見える。よかった、とわたしは思う。これならだいじょうぶ。笑顔ですけど預かりません、はない。そう確信できる。

階段を上って外に出ると、わたしは歩行者天国の混雑を避けて二本離れた通りへ移る。

午後二時十分。待ち合わせにはまだ時間がある。ビルの壁に寄り、歩行者の邪魔にならないところに立って、瑞哉に電話をかけた。

今日は土曜。瑞哉は子どもたちのサッカーの練習の手伝いに出かけた。でもそれも正午まで。もう家に戻っているはずだ。

つながった。

「もしもし」

「もしもし。瑞哉？　もう家？」

「うん」

「今、大丈夫？」

「大丈夫。お母さんは、どこ？」

「銀座。外の歩道」

「あぁ。何か、外の感じ、するよ」

「ねぇ、瑞哉。靴、買ってないでしょ？」

「え？」

「革靴。ほら、もう一足買うようなことを言ってたけど、あれ、まだ買ってないでしょ？」

「買ってないよ」

「よかった」

「何？」

「買わなくていいから。買わないでね」

「何で？」

「今履いてるのを、直しましょう」

「直す？」

「そう。かかとの減ったとこだけ新しくしてもらうの」

「あぁ。張り替えみたいな」

「思ったより安くできるみたいだから。新品の安物を買うよりそうした方がいい。まだしばらくは、履いて出かけないわよね？」

「うん。来週は何もないよ」

「お母さんが修理に出すから。ほんとに、新しいのは買わないでね」

「わかった」

「じゃあ、そういうことだから」と言って、通話を終えようとした。

が、瑞哉に言われる。

「あ、ねぇ、あのさ」

「何？」

「えーと、田村さん。と、まだ会ってないんだよね？」

「まだよ。これから。約束は三時だから。今ちょっと修理屋さんに寄ったの。そこで靴の話を聞いたのよ」

そして予想もしていなかった言葉が来る。

「お金、渡すの？」

「え？」

「その田村さんに、お金を渡すの？　僕の就職のことで」

「いや、それは」と口ごもる。

まさか、と言わなきゃいけない。そんなわけないでしょ、とすんなり言わなきゃいけない。わかっているのに、言えない。

「昨日さ、まさにその靴を買うつもりで、郵便局の通帳からお金を下ろそうとしたんだよね」

「そう、なの」

「定額貯金ていうの？　前に作ってくれた、それ用の通帳。あれに入ってる分を下ろしたくて。だからハンコが必要でさ、預かってもらってるそれを探したんだよ。押入れの中のあの引出しを開けて」

わたしの部屋の押入れにある三段の小物入れ、その引出しということだ。保険の証書や印鑑などの貴重品を入れている。

「そしたら、封筒が入ってて。何だろうと思って、つい中を見ちゃったんだよね」

そうしたら、百万円が入ってていたわけだ。帯封が付いた百万円が。

迂闊だった。一日だけだからいいと思っていた。普段からそこに瑞哉の物まで入れているわけではない。でもその郵便局の定額貯金証書は、そういえばわたしの印鑑にしていた。あれは、わたしが孝厚と離婚した直後、瑞哉が中学生になる時に作ったものなのだ。要するに、瑞哉のお年玉貯金用。小遣いもロクにあげられていないくらいだから、お年玉も同じ。瑞哉は毎年そのわずかなお年玉のほとんどをすぐにわたしに返し、貯金しといて、と言った。定額貯金証書そのものは、瑞哉が大学生になる時に渡した。その際にきちんと改印手続きをし、新たな印鑑も一緒に渡しておくべきだったのだ。

「ごめん」と瑞哉が言う。「ハンコを使うよって言えばよかったんだけど。自分の通帳だからいいかと思って」

「それは、いいわよ。瑞哉のお金なんだし」そこで思いついたことを言う。「でも、靴は？　買わなかったの？」

「うん。昨日、郵便局には行ったんだけど、お金は下ろせなかった」

「印鑑がちがってたとか？」

「いや、時間が遅かった。ほら、郵便局って五時までやってるから大丈夫だと思ったら、貯金の扱いは四時までのとこが多いんだってね。だから、無理だった」

「あぁ。そういうこと」

「それで、ほら、今日は土曜だし。じゃあ、靴は月曜にしようと。でも、買わなくていいならよかったよ」

よかった。靴のことはよかった。でも、よくない。よくないどころではない。最悪だ。

昨日の夜、わたしに言おうと思えば言えた。が、瑞哉は言わなかった。待ったのだ。今日わたしがその百万円を持っていくのかを確かめるために。

そもそも、瑞哉は田村くんに頼むこと自体、乗り気ではなかった。大いに乗り気だったわたしが押しきったのだ。ただお願いするだけよ、コネと言うほど大げさなものじゃないのよ、と。

今日田村くんと会うことも話していた。それは隠すことではない。瑞哉にはむしろ知っておいてもらわなければならないのだ。話がいい方に進むようなら、よその会社との接触を控える必要も出てくるから。

「まさかと思ってさ、さっき引出しを見たんだよね。封筒は、なくなってた」

何も言えない。今日田村くんに会うと言っていて、昨日はあった引出しの封筒がなくなっているのだ。百万円の嘘の使い道なんて、急には思いつけない。

わたしの言葉を待たずに、瑞哉が続ける。

「それは、駄目だよ」

音にすれば、七音。でもその七音がわたしを揺する。揺さぶる。

何か言わなければいけない。気の利いた言葉は何も出てこない。仕方ない。言う。

「駄目ね」

何ともだらしない、三音。

瑞哉が言う。

「でも、うれしいよ」

わたしが言う。

「でも、それで会社に入れてても、うれしくはないわよね」

「そうだね」と瑞哉は即答する。言いきる。

あぁ。と思う。あぁ。そうとしか思いようがない。

どうかしていたのだ。と言いたい。が、言えない。わたしはどうもしていなかった。考えに考えて、動いたのだ。それも含めて、やはりどうかしていた。そういうことだと思いたい。

「さっきからずっと、お母さんに電話しようか迷ってたんだよね。でも中々ふんぎりがつかなくて。そしたら、かかってきた。奇跡だと思ったよ」

奇跡ではない。瑞哉が瑞哉だから、こうなったのだ。本来は親のわたしにねだっていい革靴。それを瑞哉なら自分のお金で買おうとするはず。そのことはわかっていた。だからこそ、わたしはこのタイミングで瑞哉に電話をかけることができたのだ。

「話は、なしにしてもらう」とわたしは言う。

「うん。そうしてよ」と瑞哉も言う。

「よかった。話せて」

「僕もだよ」

「瑞哉」

「ん？」

「ありがと」

「いや。こっちもありがと」

「ごめん」

「いいよ。そんな」

「靴の修理代は、わたしが出すから」

「それは、助かるよ」

「じゃあ、切るね」

「うん」

「晩ご飯、何がいい？」

「何でもいいよ。イワシ缶でもいいし」

「今日はせめてサバ缶にするわよ」

「サバもいいね」

「って、冗談。今日はお肉でも焼く。久しぶりに牛肉でも。じゃあね」

「じゃあ」

電話を切る。ツー、ツー、という音を聞く。五秒は聞く。ふうっと息を吐き、目もとを拭う。涙が出かけていたので。

百万円は月曜日に返そう、と思う。傘の修理代はわたしが持つ。四日分の利息だ。豊子さんにはいずれすべてを話す。午前中、豊子さんがきちんと豊子さんである時に。

そして午後三時。

わたしは約束の喫茶店にいた。二十分前には店に着き、一人でコーヒーを飲んでいた。

田村くんは時間ちょうどにやってきた。すぐにわたしに気づき、お待たせ、と向かいの椅子に座った。

「自分から言いだしたのにごめんなさい」とわたしは言い、深く頭を下げた。田村くんにだけでなく、豊子さんにも通郎さんにも、そして瑞哉にも向けたつもりで。

そこで田村くんと話したのは二十分ほど。息子に知られ反対されたと正直に伝えた。

コーヒーを最後まで飲んでいくという田村くんを残して店を出ると、わたしはリペアショップに戻った。もう修理も済んでいるころだろうと思って。

済んでいた。豊子さんの傘は見事に直っていた。骨の継ぎ目のグラグラはなくなり、心なしか傘全体がきれいになったように見えた。白地に赤の花柄が、殺風景な地下通路に映えていた。

パンプスの女性はもういない。どうなったか訊きたいが、さすがにそれは立ち入りすぎだ。訊けない。代金を払い、わたしは店員さんに言う。

「すいません。まだお店を開けてくれてたんですね」

「はい。一時間ぐらいとおっしゃってたので」

ここを後にしてからという意味では、およそ一時間半。店を閉めるに閉められずにいたのだろう。悪いことをした。

「ありがとうございます。休憩時間なのに」

「いえ。お役に立てたのならうれしいです。こちらこそ、ありがとうございます」

「今度、息子の革靴を持ってきますよ。かかとの直しをお願いしに」

「そうですか。お待ちしております」

言い足りない。さらに言ってしまう。

「来てよかった。助かりました。本当に、救われました」

「いえ、あの」と店員さんは苦笑する。「ちょっと大げさ、じゃないですか？」

わたしも笑みを返す。自信を持って言う。

「大げさじゃないんですよ。ちっとも」

そして田村くんにもしたように深く頭を下げて、リペアショップを後にした。

先にこの店に来ていなかったら、わたしが瑞哉に電話をかけることはなかった。

店員さんが一声かけてくれたから、革靴のかかとの直しと瑞哉が結びついたのだ。
お預かり伝票に記されていた店員さんの名前は、室屋さん。きっと忘れないだろう。
地上に出て、華やかな土曜日の銀座を歩く。
縁に立っていたつい さっきまでの自分を思う。

終

—OWARI—

自分から言いだしたのにごめんなさい、と銀座の喫茶店で友恵に頭を下げられた時におれがまず感じたのは、安堵だった。これで踏みとどまれる、一線を越えなくて済む、という安堵だ。自分でも意外だった。

友恵が店を出たあと、一人でコーヒーを飲みながら考えた。筋道を立ててはっきりとではなく、漠然と。友恵やその息子のことを。そして晴乃や隆吾のことを。そして真波のことを。

次の金曜日、おれは三たび山野楽器銀座本店の前で真波と待ち合わせをした。話をしたかったので、先に一杯飲もうと、前回と同じビルの六階にあるバーに連れていった。ちょうど空いていた壁沿いのテーブル席に座り、頭を下げて、言った。

「春日さん。あの契約の話はなしにしてほしい。あれから色々あってね、考えたんだよ。自分の息子と同じぐらいの歳の春日さんにそんなことをさせるのは、やっぱり駄目だ。と、まあ、そうやってきれいな話にすり替えるのもズルいから、ちょっと時間はかかるけど、きちんと全部話すよ。僕はお金持ちではないし、春日さんが思ってるような立派な人間でもない。まずね、部長じゃない」

＊

あの契約の話はなしにしてほしい、と銀座のバーで田村さんに頭を下げられた時にわたしがまず感じたのは、安堵だった。これで踏みとどまれる、一線を越えなくて済む、という安堵だ。自分でも意外だった。

田村さんはわたしにすべてを明かした。部長ではないこと。課長ですらなかったこと。かつて独断でDNA親子鑑定をしてしまったこと。それがきっかけで奥さんと離婚したこと。息子さんが女子高生と付き合ってしまったこと。田村さんがその子の父親に慰謝料を払ったこと。同窓会で再会した女性に、お金を出すから子どもの入社の口利きをしてほしいと頼まれたこと。でも最後の最後で女性が思いとどまったこと。そうしてくれてよかったと田村さん自身も思ったこと。

わたしはスプモーニを飲みながら考えた。筋道を立ててはっきりとではなく、漠然と。田村さんや元奥さんのことを。そして衣沙や市原さんのことを。そして自分のことを。

話を聞き終えると、言った。

「そうですか。わかりました。わたし、田村さんにずっと無理をさせてきたんですね。そんなふうに考えたことは一度もありませんでした。息子さん、大変でしたね。わたしも歳のサバは読まないようにします。でもよかったですよ、話してくれて。結局お金はもらわないで口利きをしてあげるんだから、田村さんはやっぱり立派です。衣沙の件でもそう。田村さんに止めてもらってなかったら、わたし、たぶん、人事課にメールを出してました。今ごろ後悔してたと思います。これからも、味噌煮込みうどんとか、一緒に食べに行きましょうよ。その時はわたしもきちんと自分の分を払いますから。それはいいですよね？　せめて仕事の愚痴ぐらいは聞いてください。少しもやましくないお友だちパパとして」

本書は二〇一九年九月に小社より単行本として刊行されました。

この物語はフィクションです。登場人物、団体等は実在のものとは一切関係ありません。

|著者| 小野寺史宜　1968年千葉県生まれ。2006年「裏へ走り蹴り込め」で第86回オール讀物新人賞を受賞してデビュー。2008年『ROCKER』で第3回ポプラ社小説大賞優秀賞を受賞。2019年に『ひと』が本屋大賞第2位に選ばれ、ベストセラーに。著書に「みつばの郵便屋さん」シリーズや「タクジョ!」シリーズ、『その愛の程度』『近いはずの人』『それ自体が奇跡』『銀座に住むのはまだ早い』『君に光射す』『みつばの泉ちゃん』など。

縁《ゆかり》

小野寺史宜《おのでらふみのり》

2021年9月15日第1刷発行
2024年5月28日第3刷発行

発行者——森田浩章
発行所——株式会社　講談社
東京都文京区音羽2-12-21　〒112-8001
電話　出版（03）5395-3510
　　　販売（03）5395-5817
　　　業務（03）5395-3615

Printed in Japan

講談社文庫
定価はカバーに
表示してあります

KODANSHA

デザイン—菊地信義
本文データ制作—講談社デジタル製作
印刷———株式会社KPSプロダクツ
製本———株式会社KPSプロダクツ

ISBN978-4-06-524968-0

講談社文庫刊行の辞

二十一世紀の到来を目睫に望みながら、われわれはいま、人類史上かつて例を見ない巨大な転換期をむかえようとしている。

世界も、日本も、激動の予兆に対する期待とおののきを内に蔵して、未知の時代に歩み入ろうとしている。このときにあたり、創業の人野間清治の「ナショナル・エデュケイター」への志を現代に甦らせようと意図して、われわれはここに古今の文芸作品はいうまでもなく、ひろく人文・社会・自然の諸科学から東西の名著を網羅する、新しい綜合文庫の発刊を決意した。

激動の転換期はまた断絶の時代である。われわれは戦後二十五年間の出版文化のありかたへの深い反省をこめて、この断絶の時代にあえて人間的な持続を求めようとする。いたずらに浮薄な商業主義のあだ花を追い求めることなく、長期にわたって良書に生命をあたえようとつとめるところにしか、今後の出版文化の真の繁栄はあり得ないと信じるからである。

同時にわれわれはこの綜合文庫の刊行を通じて、人文・社会・自然の諸科学が、結局人間の学にほかならないことを立証しようと願っている。かつて知識とは、「汝自身を知る」ことにつきていた。現代社会の瑣末な情報の氾濫のなかから、力強い知識の源泉を掘り起し、技術文明のただなかに、生きた人間の姿を復活させること。それこそわれわれの切なる希求である。

われわれは権威に盲従せず、俗流に媚びることなく、渾然一体となって日本の「草の根」をかたちづくる若く新しい世代の人々に、心をこめてこの新しい綜合文庫をおくり届けたい。それは知識の泉であるとともに感受性のふるさとであり、もっとも有機的に組織され、社会に開かれた万人のための大学をめざしている。大方の支援と協力を衷心より切望してやまない。

一九七一年七月

野間省一

大倉崇裕 ペンギンを愛した容疑者〈警視庁いきもの係〉
大倉崇裕 クジャクを愛した容疑者〈警視庁いきもの係〉
大倉崇裕 アロワナを愛した容疑者〈警視庁いきもの係〉
大鹿靖明 メルトダウン〈ドキュメント福島第一原発事故〉
荻原　浩 砂の王国(上)(下)
荻原　浩 家族写真
小野正嗣 九年前の祈り
大友信彦 オールブラックスが強い理由〈世界最強チーム勝利のメソッド〉
乙　一 銃とチョコレート
織守《おりがみ》きょうや 霊感検定
織守きょうや 霊感検定〈心霊アイドルの憂鬱〉
織守きょうや 霊感検定〈春にして君を離れ〉
織守きょうや 少女は鳥籠《とりかご》で眠らない
おーなり由子 きれいな色とことば
岡崎琢磨 病弱探偵〈謎は彼女の特効薬〉
小野寺史宜《ふみのり》 その愛の程度
小野寺史宜 近いはずの人
小野寺史宜 それ自体が奇跡
小野寺史宜 縁《ゆかり》
小野寺史宜 とにもかくにもごはん
大崎　梢 横濱エトランゼ
大崎　梢 バスクル新宿
太田哲雄 アマゾンの料理人〈世界一の"美味しい"を探して僕が行き着いた場所〉
小竹正人 空に住む
岡本さとる 駕籠屋《かごや》春秋 新三《しんざ》と太十《たじゅう》
岡本さとる 質屋の娘〈駕籠屋春秋 新三と太十〉
岡本さとる 雨やどり〈駕籠屋春秋 新三と太十〉
岡崎大五 食べるぞ!世界の地元メシ
荻上直子 川っぺりムコリッタ
小原周子 留子さんの婚活
海音寺潮五郎 新装版 江戸城大奥列伝
海音寺潮五郎 新装版 孫子(上)(下)
海音寺潮五郎 新装版 赤穂義士
加賀乙彦 新装版 高山右近
加賀乙彦 ザビエルとその弟子
加賀乙彦 殉教者
加賀乙彦 わたしの芭蕉
柏葉幸子 ミラクル・ファミリー
勝目　梓 小説家
桂　米朝 米朝ばなし〈上方落語地図〉
笠井　潔 梟《ふくろう》の巨《おお》なる黄昏《たそがれ》
笠井　潔 青銅の悲劇(上)(下)〈瀕死の王〉
笠井　潔 転生の魔〈私立探偵飛鳥井の事件簿〉
川田弥一郎 白く長い廊下
神崎京介 女薫の旅 放心とろり
神崎京介 女薫の旅 耽溺《たんでき》まみれ
神崎京介 女薫の旅 秘に触れ
神崎京介 女薫の旅 禁の園へ
神崎京介 女薫の旅 欲の極み
神崎京介 女薫の旅 青い乱れ
神崎京介 女薫の旅 奥に裏に
神崎京介 I LOVE
加納朋子 ガラスの麒麟〈新装版〉
角田光代 まどろむ夜のUFO
角田光代 恋するように旅をして
角田光代 人生ベストテン
角田光代 ロック母

講談社文庫 目録

角田光代 彼女のこんだて帖
角田光代 ひそやかな花園
角田光代 石田衣良ほか こどものころにみた夢
川端裕人 せちやん〈星を聴く人〉
川端裕人 星と半月の海
片川優子 ジョナさん
神山裕右 カタコンベ
神山裕右 炎の放浪者
加賀まりこ 純情ババアになりました。
門田隆将 甲子園への遺言〈伝説の打撃コーチ高畠導宏の生涯〉
門田隆将 甲子園の奇跡〈斎藤佑樹と早実百年物語〉
門田隆将 神宮の奇跡
鏑木　蓮 東京ダモイ
鏑木　蓮 屈折光
鏑木　蓮 時限
鏑木　蓮 真友
鏑木　蓮 甘い罠
鏑木　蓮 京都西陣シェアハウス〈憎まれ天使・有村志穂〉
鏑木　蓮 炎罪
鏑木　蓮 疑薬
川上未映子 そら頭はでかいです、世界がすこんと入ります
川上未映子 わたくし率 イン 歯ー、または世界
川上未映子 ヘヴン
川上未映子 すべて真夜中の恋人たち
川上未映子 愛の夢とか
川上弘美 ハヅキさんのこと
川上弘美 晴れたり曇ったり
川上弘美 大きな鳥にさらわれないよう
海堂　尊 新装版 ブラックペアン1988
海堂　尊 ブレイズメス1990
海堂　尊 スリジエセンター1991
海堂　尊 死因不明社会2018
海堂　尊 極北クレイマー2008
海堂　尊 極北ラプソディ2009
海堂　尊 黄金地球儀2013
門井慶喜 パラドックス実践 雄弁学園の教師たち
門井慶喜 銀河鉄道の父
梶よう子 迷子石
梶よう子 ふくろう
梶よう子 ヨイ豊《とよ》
梶よう子 立身《りつしん》いたしたく候《そうろう》
梶よう子 北斎まんだら
川瀬七緒 よろずのことに気をつけよ
川瀬七緒 法医昆虫学捜査官
川瀬七緒 シンクロニシティ〈法医昆虫学捜査官〉
川瀬七緒 水《みな》底《ぞこ》の棘《とげ》〈法医昆虫学捜査官〉
川瀬七緒 メビウスの守護者〈法医昆虫学捜査官〉
川瀬七緒 潮騒のアニマ〈法医昆虫学捜査官〉
川瀬七緒 紅のアンデッド〈法医昆虫学捜査官〉
川瀬七緒 スワロウテイルの消失点〈法医昆虫学捜査官〉
川瀬七緒 フォークロアの鍵
川瀬七緒 ヴィンテージガール〈仕立屋探偵 桐ヶ谷京介〉
風野真知雄 隠密 味見方同心(一)〈くじらの姿焼き騒動〉
風野真知雄 隠密 味見方同心(二)〈干し卵不思議味〉
風野真知雄 隠密 味見方同心(三)〈幸せの小福餅〉
風野真知雄 隠密 味見方同心(四)〈恐怖の流しそうめん〉
風野真知雄 隠密 味見方同心(五)〈フグの毒鍋〉

講談社文庫　目録

佐木隆三　身　分　帳
佐高　信　石原莞爾 その虚飾
佐高　信　わたしを変えた百冊の本
佐高　信　新装版 逆　命　利　君
佐藤雅美　ちよの負けん気、実の父親〈物書同心居眠り紋蔵〉
佐藤雅美　へこたれない人〈物書同心居眠り紋蔵〉
佐藤雅美　わけあり師匠事《こと》の顚末〈物書同心居眠り紋蔵〉
佐藤雅美　御奉行の頭の火照《ほて》り〈物書同心居眠り紋蔵〉
佐藤雅美　敵討《かたき》ちか主殺しか〈物書同心居眠り紋蔵〉
佐藤雅美　江　戸　繁　昌　記〈寺門静軒無聊伝〉
佐藤雅美　青　雲　遥　か　に〈大内俊助の生涯〉
佐藤雅美　悪足掻《あが》きの跡始末 厄介弥三郎
佐藤雅美　恵比寿屋喜兵衛手控え〈新装版〉
酒井順子　負け犬の遠吠え
酒井順子　朝からスキャンダル
酒井順子　忘れる女、忘れられる女
酒井順子　次の人、どうぞ！
酒井順子　ガラスの50代
佐野洋子　嘘　ば　っ　か〈新釈・世界おとぎ話〉

佐野洋子　コッコロから
佐川芳枝　寿司屋のかみさん サヨナラ大将
笹生陽子　ぼくらのサイテーの夏
笹生陽子　きのう、火星に行った。
笹生陽子　世界がぼくを笑っても
沢木耕太郎　一号線を北上せよ〈ヴェトナム街道編〉
佐藤多佳子　一瞬の風になれ　全三巻
佐藤多佳子　いつの空にも星が出ていた
笹本稜平　駐　在　刑　事
笹本稜平　駐在刑事 尾根を渡る風
西條奈加　世直し小町りんりん
西條奈加　まるまるの毬《いが》
西條奈加　亥子《いのこ》ころころ
佐伯チズ　改訂完全版 佐伯チズ式「完全美肌バイブル」〈123の肌悩みにズバリ回答！〉
斉藤　洋　ルドルフとイッパイアッテナ
斉藤　洋　ルドルフともだちひとりだち
佐々木裕一　公　家　武　者　信平《のぶひら》〈消えた狐丸〉
佐々木裕一　逃　げ　た　名　馬〈公家武者 信平㈡〉
佐々木裕一　比　叡　山　の　鬼〈公家武者 信平㈢〉

佐々木裕一　公卿《くぎょう》の罠《わな》〈公家武者 信平㈣〉
佐々木裕一　狙われた旗本〈公家武者 信平㈤〉
佐々木裕一　赤　い　刀　身〈公家武者 信平㈥〉
佐々木裕一　帝《みかど》の刀匠《とうしょう》〈公家武者 信平㈦〉
佐々木裕一　若君の覚悟〈公家武者 信平㈧〉
佐々木裕一　くもの頭領〈公家武者 信平㈨〉
佐々木裕一　宮中の誘い〈公家武者 信平㈩〉
佐々木裕一　雲雀《ひばり》の太刀〈公家武者 信平(十一)〉
佐々木裕一　決着の鬨《とき》〈公家武者 信平(十二)〉
佐々木裕一　姉妹の絆〈公家武者 信平(十三)〉
佐々木裕一　町　く　ら　べ〈公家武者 信平(十四)〉
佐々木裕一　狐のちょうちん〈公家武者信平ことはじめ㈠〉
佐々木裕一　姫のため息〈公家武者信平ことはじめ㈡〉
佐々木裕一　四谷の弁慶〈公家武者信平ことはじめ㈢〉
佐々木裕一　暴れ公卿〈公家武者信平ことはじめ㈣〉
佐々木裕一　千石の夢〈公家武者信平ことはじめ㈤〉
佐々木裕一　妖《あや》し火〈公家武者信平ことはじめ㈥〉
佐々木裕一　十万石の誘い〈公家武者信平ことはじめ㈦〉
佐々木裕一　黄泉《よみ》の女〈公家武者信平ことはじめ㈧〉

講談社文庫　目録

佐々木裕一　将軍の宴〈公家武者信平ことはじめ(九)〉
佐々木裕一　宮中の華〈公家武者信平ことはじめ(十)〉
佐々木裕一　乱れ坊主〈公家武者信平ことはじめ(十一)〉
佐々木裕一　領地の乱〈公家武者信平ことはじめ(十二)〉
佐々木裕一　赤坂の達磨《だるま》〈公家武者信平ことはじめ(十三)〉
佐々木裕一　将軍の首〈公家武者信平ことはじめ(十四)〉
佐々木裕一　魔眼《まがん》の光〈公家武者信平ことはじめ(十五)〉
佐藤究《きわむ》　QJKJQ
佐藤究　Ank:〈a mirroring ape〉
佐藤究　サージウスの死神
佐野晶／三田紀房・原作　小説アルキメデスの大戦
澤村伊智　恐怖小説キリカ
さいとう・たかを／戸川猪佐武 原作　歴史劇画 大宰相〈第一巻 吉田茂の闘争〉
さいとう・たかを／戸川猪佐武 原作　歴史劇画 大宰相〈第二巻 鳩山一郎の悲運〉
さいとう・たかを／戸川猪佐武 原作　歴史劇画 大宰相〈第三巻 岸信介の強腕〉
さいとう・たかを／戸川猪佐武 原作　歴史劇画 大宰相〈第四巻 池田勇人と佐藤栄作の激突〉
さいとう・たかを／戸川猪佐武 原作　歴史劇画 大宰相〈第五巻 田中角栄の革命〉
さいとう・たかを／戸川猪佐武 原作　歴史劇画 大宰相〈第六巻 三木武夫の挑戦〉
さいとう・たかを／戸川猪佐武 原作　歴史劇画 大宰相〈第七巻 福田赳夫の復讐〉
さいとう・たかを／戸川猪佐武 原作　歴史劇画 大宰相〈第八巻 大平正芳の決断〉
さいとう・たかを／戸川猪佐武 原作　歴史劇画 大宰相〈第九巻 鈴木善幸の苦悩〉
さいとう・たかを／戸川猪佐武 原作　歴史劇画 大宰相〈第十巻 中曽根康弘の野望〉
佐藤優　人生の役に立つ聖書の名言
佐藤優　戦時下の外交官〈ナチス・ドイツの崩壊を目撃した吉野文六〉
佐藤優　人生のサバイバル力
斉藤詠一　到達不能極
斉藤詠一　クメールの瞳
佐々木実　竹中平蔵 市場と権力〈「改革」に憑かれた経済学者の肖像〉
斎藤千輪　神楽坂つきみ茶屋〈禁断の「盃《さかずき》」と絶品江戸レシピ〉
斎藤千輪　神楽坂つきみ茶屋2〈突然のピンチと喜寿の祝い膳〉
斎藤千輪　神楽坂つきみ茶屋3〈想い人に捧げる鍋料理〉
斎藤千輪　神楽坂つきみ茶屋4〈頂上決戦の七夕料理〉
作画：蔡志忠／訳：和田武司／監修：野末陳平　マンガ 孔子の思想
作画：蔡志忠／訳：和田武司／監修：野末陳平　マンガ 老荘の思想
作画：蔡志忠／訳：和田武司／監修：野末陳平　マンガ 孫子・韓非子の思想
佐野広実　わたしが消える
紗倉まな　春、死なん
司馬遼太郎　新装版 播磨灘物語 全四冊
司馬遼太郎　新装版 箱根の坂(上)(中)(下)
司馬遼太郎　新装版 アームストロング砲
司馬遼太郎　新装版 歳月(上)(下)
司馬遼太郎　新装版 おれは権現
司馬遼太郎　新装版 大坂侍
司馬遼太郎　新装版 北斗の人(上)(下)
司馬遼太郎　新装版 軍師二人
司馬遼太郎　新装版 真説宮本武蔵
司馬遼太郎　新装版 最後の伊賀者
司馬遼太郎　新装版 俄(上)(下)
司馬遼太郎　新装版 尻啖え孫市(上)(下)
司馬遼太郎　新装版 王城の護衛者
司馬遼太郎　新装版 妖怪(上)(下)
司馬遼太郎　新装版 風の武士(上)(下)
司馬遼太郎　戦雲の夢〈レジェンド歴史時代小説〉
司馬遼太郎／海音寺潮五郎　新装版 日本歴史を点検する
司馬遼太郎／井上ひさし　新装版 国家・宗教・日本人
司馬遼太郎／陳舜臣／金達寿　新装版 歴史の交差路にて〈日本・中国・朝鮮〉
柴田錬三郎　お江戸日本橋(上)(下)

2024年3月15日現在